LUZIFER
VERLAG

DAN AMES

UNAUSLÖSCHLICH

ROMAN

Diese Geschichte ist frei erfunden. Sämtliche Namen, Charaktere, Firmen, Einrichtungen, Orte, Ereignisse und Begebenheiten sind entweder das Produkt der Fantasie des Autors oder wurden fiktiv verwendet. Jede Ähnlichkeit mit tatsächlichen Personen, lebend oder tot, Ereignissen oder Schauplätzen ist rein zufällig.

LUZIFER
VERLAG

Überarbeitete Ausgabe
Originaltitel: A HARD MAN TO FORGET

www.luzifer-verlag.de

Umschlag: Michael Schubert | Luzifer-Verlag
Übersetzung: Madeleine Seither

Printed in Germany

Dieses Buch wurde nach Dudenempfehlung (Stand 2022) lektoriert.

ISBN: 978-3-95835-474-6

Bibliografische Information der Deutschen Nationalbibliothek:
Die Deutsche Nationalbibliothek verzeichnet diese Publikation in der Deutschen Nationalbibliografie; detaillierte bibliografische Daten sind im Internet über http://dnb.d-nb.de abrufbar.

1

Die beiden Männer mit den Knarren gingen hinter dem Mann mit der Schaufel. Sie wussten, was sie taten. Manchmal war eine Schaufel eine Waffe wie jede andere. Ein Mann mit einer Schaufel, der nichts zu verlieren hatte, musste es mit dem versuchen, was ihm zur Verfügung stand.

Also blieben sie auf Distanz.

Sollte sich der Mann umdrehen und die Schaufel mit ausgestreckten Armen schwingen, konnte er bestimmt zweieinhalb Meter weit reichen.

Die Männer mit den Knarren hielten einen Abstand von drei Metern.

Der Mann mit der Schaufel erweckte allerdings nicht den Eindruck, als wollte er angreifen. Seine Schultern hingen herab, seine Füße schlurften durch den Sand. Er sagte nichts.

Es war Nacht in der Wüste. Die Sterne standen am Himmel. Der Wind blies stetig aus Südwest, hatte aber keine Kraft. Es war kühl und die Männer mit den Knarren fröstelten. Der Nachthimmel über ihnen war von Sternen übersät.

Der Mann mit der Schaufel schwitzte. Er trottete voran und sein Gesicht war klebrig, schimmerte im fahlen Mondlicht. Hin und wieder stolperte er über einen großen Stein. Ohne sich die Mühe zu machen, nachzusehen, was seinen Weg behindert hatte, bewegte er sich einfach weiter vorwärts.

Die Männer mit den Knarren wichen den Steinen geschickt aus, über die der Mann mit der Schaufel stolperte. Er war ihr Wegbereiter, auch wenn er als einziger keine Ahnung hatte, wohin sie gingen.

Als das Trio mindestens eine Meile von der Straße entfernt war, wechselten die Männer mit den Knarren einen Blick, nickten und blieben abrupt stehen.

Der Mann mit der Schaufel stolperte zunächst noch weiter vorwärts, doch dann merkte er, dass seine Begleiter angehalten hatten.

Er blieb ebenfalls stehen, drehte sich um und sah sie an.

Einer der Männer zeigte mit seiner Pistole auf eine Stelle am Boden und wies mit dem Kinn zur Schaufel.

Der Mann mit der Schaufel blickte nach unten zu der Stelle am Boden. Er sah nichts Besonderes. Sand. Einige lose Kiesel. Unkraut.

Sie warteten.

»Ihr Mistkerle«, sagte er. Seine Worte waren ohne Nachdruck, ohne Drohung. Eine einfache Aussage, von allen akzeptiert.

Der Mann mit der Schaufel steckte die Spitze des Schaufelblatts in den Boden vor sich. Er stellte seinen Fuß auf die Schaufel und drückte sie in die Erde.

Er begann zu graben.

In der Ferne heulte ein Kojote. Das Geräusch der Stahlschaufel hallte in der einsamen Wüstenluft wider. Wenn sie auf einen losen Stein oder eine Kiesschicht stieß, schien der Widerhall im Raum über den Männern zu schweben.

Die Männer mit den Knarren schenkten der Wüste oder ihren Bewohnern in der Ferne keine Aufmerksamkeit. Sie waren ausschließlich auf den Mann mit der Schaufel konzentriert. Sie hielten noch immer Abstand. Es war jederzeit möglich, dass eine Schaufel voller Sand auf sie geschleudert würde. Also standen sie weit weg. Nah genug, um in der Lage zu sein, mit absoluter

Zuversicht auf ihre Zielperson zu schießen und sie zu töten, aber weit genug, damit sich ein Spaten voll Sand über die Entfernung, die er zurücklegen musste, zerstreute.

Der Mann mit der Schaufel zeigte keine Anzeichen einer Angriffsabsicht.

Er wirkte mechanisch. Schaufel hineinstecken. Schaufeln. Sand beiseite werfen. Wiederholen.

Er hatte aufgehört zu schwitzen.

Seine Hände waren zittrig. Manchmal bebte die Schaufel in seinem Griff.

Es schien, als wollte er etwas sagen, aber sein Mund bewegte sich, ohne ein Geräusch zu produzieren. Einer der Männer mit den Knarren war sehr groß, und als er das Gesicht des Grabenden betrachtete, erinnerte es ihn an einen frisch gefangenen Fisch, den man ans Ufer geworfen hatte und der nach Luft schnappte.

Als der Wüstenboden auf Höhe der Taille des schaufelnden Mannes war, sprach einer der Männer mit den Knarren. Es war nicht der Große. Der andere war klein und stämmig, mit einem Stiernacken.

Seine Stimme war emotionslos.

»Wirf die Schaufel weg. Setz dich hin.«

Der Mann in dem flachen Grab zögerte. Er stützte sich auf die Schaufel und sah zum dunkelvioletten Himmel.

Seine Lippen bewegten sich unablässig, aber kein Ton kam hervor.

Einer der Männer mit den Knarren war neugierig, ob der Mann betete. Doch die Stimme war so leise und dank der Drei-Meter-Sicherheitszone konnte er sie nicht hören. Aber seiner fundierten Vermutung nach wurde ein Gebet gesprochen.

Der Mann mit der Schaufel legte eine Hand ans untere Griffende des Werkzeugs und warf es in die Dunkelheit. Es segelte in einem Bogen fort und drehte sich leicht, wie ein perfekt geworfener Football.

Es landete im Sand und verursachte einen leisen, entfernten, dumpfen Aufschlag.

Der Mann setzte sich hin, zog die Knie an sich und schlang die Arme darum. Er vergrub sein Gesicht in der Lücke zwischen seinen Armen und seiner Brust.

Er weinte.

Einer der Männer mit den Knarren trat vor, hob seine Pistole und schoss zweimal. Die Waffe war mit einem Schalldämpfer ausgestattet und das Geräusch seiner Schüsse war kaum mehr als ein leises *Puff*. Es hatte kein Echo und verklang rasch.

Die Haare auf dem Kopf des sitzenden Mannes bauschten sich in die Höhe, als jede der Kugeln in seinen Schädel eintrat.

Er kippte nach hinten und fiel auf den Rücken.

Der Schütze neigte seinen Kopf zur Seite und beurteilte, wie gut seine Schüsse den Mann ins Grab gelegt hatten.

Er schien vom Ergebnis enttäuscht zu sein.

Er schraubte den Schalldämpfer ab und schob ihn in eine Tasche. Dann steckte er die Waffe in ein verdecktes Holster unter seinem linken Arm.

Danach streckte er die Hand aus und zog die Füße des toten Mannes in seine Richtung, sodass die Leiche flach im Grab lag.

Der andere Mann holte die Schaufel und ging zu seinem Partner am Fußende des Grabs.

Er holte einen Vierteldollar aus seiner Tasche und lehnte den Schaufelgriff gegen seinen Bauch.

»Sag an.«

»Kopf.«

Der Mann mit der Münze warf sie in die Luft, fing sie und schlug sie auf seine andere Hand. Dann zog er die obere Hand schwungvoll weg.

Er zeigte dem anderen Mann die Münze, der daraufhin die Schaufel nahm und Sand auf den toten Mann zu werfen begann.

In der Ferne heulte der Kojote wieder.

2

Erst viel später, lange, nachdem die Leichen sich zu stapeln begonnen hatten und die Hölle losgebrochen war, würde Lauren Pauling anfangen, sich zu fragen, warum genau an diesem Morgen sie an Jack Reacher gedacht hatte.

Es war ein ziemlich routinemäßiger Start in den Tag gewesen.

Ein früher Kaffee. Schnell die *New York Times* durchblättern. Ein knallhartes Workout im Fitnessstudio, das im Keller ihres Apartmenthauses untergebracht war. Es war eine extreme Routine, die ein hartes Kardiotraining gefolgt von einem Hantelprogramm beinhaltete. Während sich Pauling der Fünfzig näherte, war sie besonders stolz darauf, dass ihr Trainingsplan wesentlich jüngere Frauen um Gnade betteln lassen würde.

Duschen, ein leichtes Frühstück und der Beginn ihres Arbeitstages.

Für Pauling bedeutete das, ihr Apartment in der Barrow Street zu verlassen und zu ihrem Büro in der 4. Street West zu gehen. Unterwegs betrachtete sie ihr Abbild in den Schaufenstern. Sie war ein bisschen größer als der Durchschnitt, mit goldblonden Haaren. Ihre erstaunlich grünen Augen waren im Spiegelbild nicht zu erkennen, aber sie waren oft das Erste, das die Menschen an ihr wahrnahmen. Sie konnte sie strategisch einsetzen, wenn sie musste.

Pauling erreichte das Bürogebäude, stieg die schmale Treppe hinauf und schloss ihre Zweiraum-Bürosuite auf.

Im vorderen Bereich befand sich ein zwangloser Aufenthaltsbereich mit zwei Stühlen und einem Tisch. Zeitschriften waren sorgfältig auf der Tischplatte arrangiert und auf jedem der Stühle lag ein Zierkissen. Die Wände beheimateten Kunstdrucke. Nicht teuer. Professionell.

Der zweite Teil, ihr tatsächliches Büro, lag hinten.

Pauling war Privatdetektivin. Ihre Premium-Visitenkarte verriet ein wenig mehr: *Lauren Pauling. Privatermittlerin. Special Agent, FBI, a. D.*

Unten stand eine Adresse mit 212- und 917-Telefonnummern für Festnetz und Handy sowie eine E-Mail-Adresse und eine Website-URL.

Wie auch die Frau selbst war die Visitenkarte professionell, elegant und direkt. Gleiches galt für ihre Website und ihr Büro.

Es war das Abbild von Effizienz und Prestige. Nicht übertrieben luxuriös, aber mit einem hochwertigen letzten Schliff, der die Kunden beeindruckte.

Pauling war nicht billig.

Ihre berufliche Umgebung spiegelte diese Tatsache wider.

Sie sah ihre E-Mails mit routinierter Effizienz durch. Innerhalb von dreißig Minuten war auf jede Frage eingegangen, jede erforderliche Handlung unternommen und jede unwichtige Nachricht abgelegt worden.

Vielleicht geschah es da, während der flüchtigen Ruhepause, dass sich ihre Gedanken Reacher zuwandten.

Natürlich taten sie das in Wahrheit oft.

Paulings letzter Fall beim FBI war die schlimmste Phase ihres Lebens gewesen. Eine Entführung war zu einem Mordfall geworden. Sie hatte sich wie eine Versagerin gefühlt, als habe sie das Opfer im Stich gelassen. Erst als Jack Reacher auftauchte, erschien der Fall Annie Lane wieder in ihrem Leben. Gemeinsam mit Reacher hatte sie schließlich Gerechtigkeit für Annie gefunden.

Und dann war Reacher verschwunden.

Das war seine Art; sie verstand das.

Aber die dadurch endlich herbeigeführte Gerechtigkeit, zusammen mit dem Wissen, dass sie, Pauling, nichts falsch gemacht hatte, hatte ihr neues Leben eingehaucht.

Sie war mit neu gewonnener Stärke in ihre Firma und zu ihrer Karriere zurückgekehrt. Infolgedessen war es mit ihrem Geschäft bergauf gegangen, bis zu dem Punkt, an dem sie oft Aufträge ablehnte oder Fälle an andere Ermittler übergab.

Jetzt schüttelte sie die Gedanken an Reacher ab.

Er war ein zäher Kerl, und einer, den man schwer vergaß.

Doch sie hatte versucht, ihn hinter sich zu lassen. Es war allerdings nicht leicht. Pauling hatte die romantische Vernarrtheit lange überwunden. Es hatte Männer gegeben. Erfolgreich. Beeindruckend. Freundlich.

Aber keiner von ihnen war wie Jack Reacher gewesen.

Und sie wusste ohne Zweifel, dass keiner je so sein würde. Es gab Jack Reacher – und dann gab es alle anderen.

Der Gedanke ans Weitermachen brachte ihr die Motivation, von ihrem Schreibtisch aufzustehen und zu ihrer Eingangstür zu gehen. Sie wollte am Briefkasten vorbeischauen und nachsehen, ob etwas zugestellt worden war. Sie versuchte nie länger als eine halbe Stunde am

Stück am Schreibtisch sitzend zu verbringen. Sie besaß einen zweiten Schreibtisch rechts von ihrem Hauptarbeitsplatz, der nach oben gefahren werden konnte, sodass sie im Stehen arbeiten konnte.

Jetzt aber wollte sie sich bewegen. An Reacher zu denken, veranlasste sie immer, in irgendeiner Form aktiv zu werden.

Als sie gerade ihr Büro verlassen wollte, entdeckte Pauling einen bereits zugestellten Brief, der ordentlich unter ihrer Tür steckte.

Sie hatte niemanden kommen hören.

Es war ein wenig früh für die Post, und so nahm sie an, dass es eine Nachtzustellung war.

Aber das war es nicht.

Es war ein schlichtweißer Brief.

Auf dessen Vorderseite ein einzelnes Wort prangte:

Reacher.

3

Obwohl er für eine Organisation gearbeitet hatte, die über unklare und veränderliche Richtlinien verfügte, lebte Michael Tallon nach konkreten Regeln.

Wie man so schön sagt, ist die Welt nicht schwarzweiß. Es gibt viele Grauschattierungen, so was in der Form.

Während das manchmal zutraf, bevorzugte Tallon es, so weit möglich in Schwarz und Weiß zu leben. Er verabscheute unklare Limits und fließende Grenzen. Vielleicht war es ein angeborener Wunsch nach der Fähigkeit, eine Bedrohung rasch zu erkennen. Sekundenbruchteilschnelle Entscheidungen zwischen richtig und falsch. Leben und Tod.

Tallons Gedanken wanderten zu diesen Regeln, als der Mann im Restaurant anfing, sich schlecht zu benehmen.

Es war kein besonderer Ort, dieses Restaurant. Eine Lokalkette, die typisch mexikanisches Essen servierte, kaum eine Stufe besser als Fastfood.

Es besaß einen offenen Gastraum, hauptsächlich Tische, hier und da von einigen Nischen unterbrochen. Ein riesiger Getränkeautomat befand sich auf der einen Seite, die Theke in der Mitte, der Eingang auf der anderen Seite. An den Wänden hingen Poster, die für das neuste Spezialmenü mit einem Softdrink von der Größe eines städtischen Wasserturms warben.

Eine Reihe von Schildern priesen die Mitarbeiter des Monats an, sowie Auszeichnungen für Kundenzufriedenheit, vom Restaurant selbst verliehen.

Das Lokal war halb voll; hauptsächlich Ortsansässige, schätzte Tallon. Beim Eintreten hatte sein Blick die Kunden abgeschätzt, und die einzige Person, die ihm ins Auge gesprungen war, war der Mann, der gerade die Aufmerksamkeit von so ziemlich jedem im Raum auf sich zog.

»Du bist ein Albtraum«, blaffte er die junge Frau an, die ihm gegenüber saß. Sie schreckte wegen der Lautstärke seiner Stimme und der Nähe seines Gesichts zurück. Tallon nahm an, dass sie bei diesem Ausruf ein wenig Speichel abbekommen hatte.

Er versuchte den Mann zu ignorieren. Er war nur hier, weil er Hunger hatte und eine kurze Rast brauchte, bevor er weiterfuhr. Er hatte gerade einen Auftrag abgeschlossen und befand sich auf dem Heimweg.

Normalerweise hätte er sich gezwungen, durchzufahren, aber sein Bedürfnis nach Nahrung war so stark geworden, dass es ihn ablenkte, und er wusste, dass noch sechs Stunden Fahrzeit vor ihm lagen.

Er bestellte das am wenigsten abstoßende Gericht auf der Karte: Tacos mit gegrilltem Hühnchen. Das Huhn war zäh, die Tortilla matschig. Doch der Kaffee war gut und überraschend stark. Es war Nahrung, nichts weiter.

Tallon hatte alle Tacos aufgegessen, die er zu essen vorgehabt hatte, und wollte gerade den Rest seines Kaffees nehmen und gehen, als die Stimme des Mannes die monotonen Gespräche des Restaurants erneut durchschnitt.

»Du bist nutzlos, genau wie deine Mutter«, sagte der Kerl. »Ihr seid beide zu nichts zu gebrauchen.«

All das lenkte Tallons Gedanken zu seinen Regeln.

Von denen eine schlechte Eltern betraf.

Tallon hatte genug von denen erlebt und war schon bei früheren Gelegenheiten versucht gewesen, sich einzumischen. Doch er glaubte an Durchhaltevermögen. Seine eigenen Eltern waren gerechte und großzügige Menschen gewesen. Jedoch hatte er andere getroffen, die grausam und böse gewesen waren. Trotzdem hatte er gesehen, dass ihre Kinder überlebten und – in manchen Fällen – sogar aufblühten.

Die Welt konnte ein kalter und dunkler Ort sein. An irgendeinem Punkt musste jeder lernen, dass es manchmal nötig war, eine Rüstung anzulegen und sich dem Kampf zu stellen.

Deswegen hatte Tallon entschieden, sich nicht einzumischen. Der Mann war groß, weit über eins-achtzig, mit fettigen, zu einem Zopf gebundenen Haaren. Er trug ein ärmelloses Shirt, das kräftige Arme entblößte, um die sich Stacheldraht-Tattoos wanden.

Er hatte mächtige Hände mit großen Silberringen an allen Fingern. Sie sahen wie Totenkopfringe aus, von denen einer eine Art gefärbter Glasstücke als Augen besaß.

Tallon sah eine Bewegung links von sich, und noch ehe die alte Frau aus ihrer Nische aufstand, wusste er genau, was passieren würde, lange, bevor es so weit war.

Er hatte das ältere Paar in der Nische beim Fenster sitzen sehen. Die Frau besaß eines jener offenen, fürsorglichen Gesichter, die auf Liebe für die Familie und das Gute in anderen hindeuteten. Sie hatte außerdem große, ausdrucksvolle Augen, die die Art Persönlichkeitsstärke verrieten, die man oft in weit jüngeren Menschen fand. Es waren ein Gesicht und eine Haltung, die Aktion bedeuteten. Das war eine Frau, die sich lieber früher als später einmischte.

Der Mann, von dem Tallon annahm, er sei ihr Ehemann, teilte diese Intensität nicht. Er sprach leise mit der Frau, und Tallon wusste, dass er seine langjährige Ehefrau inständig bat, sich nicht einzumischen.

Sie wollte nichts davon hören.

Tallon sah zu, wie die Frau den Speisesaal durchquerte. Sie trug eine legere blaue Hose, eine blaue Bluse, die bis zum Hals zugeknöpft war, und zweckmäßige schwarze Schuhe. Sie war groß, vielleicht früher einmal eine Athletin.

Eine Frau der Tat, dachte Tallon.

Der Großteil der eintönigen, leisen Unterhaltungen im Restaurant verstummte. Es schien Tallon, dass sogar der notwendige Küchenlärm von jenseits der Theke plötzlich zu einer Flaute geschrumpft war.

Die ältere Frau erreichte den Tisch des Mannes und des jungen Mädchens.

»Sie bringen Ihrer Tochter bei, es hinzunehmen, von einem Mann schlecht behandelt zu werden«, sagte die alte Frau. »Wenn Sie so weitermachen, wird sie sich nach jemandem umsehen, der genauso ist wie Sie. Ein Rowdy, der sie beschimpft und wahrscheinlich schlägt. Wollen Sie das?«

Im Hintergrund sah Tallon einen Mitarbeiter vom Tresen in die Küche huschen, sehr wahrscheinlich auf der Suche nach einem Geschäftsführer. Der Ehemann der alten Frau setzte an, die Nische zu verlassen. Es war keine elegante, rasche Bewegung. Er war nicht so agil wie seine Frau.

Doch Tallon wusste, dass der große Mann nicht zögern würde. Diese Ringe waren nicht zur Schau da. Der Kerl war ein Raufbold. Das war ihm ins Gesicht geschrieben, und auf die Hände.

»Verpiss dich, alte Schachtel«, brüllte der große Mann. Er sprang auf und die alte Frau wich die halbe Strecke zu ihrem Ehemann zurück. Sie stießen zusammen und die Frau fiel zu Boden.

»Nicht, Dad! Lass sie in Ruhe«, rief das junge Mädchen. Ihr Gesicht hatte sich gerötet und sie hatte zu weinen begonnen. Es war die Angst, die ihr den Mut zum Sprechen verliehen hatte. Und Mitgefühl für jemand anderen als sich selbst. Ihr Vater hatte ihr vermutlich die Fähigkeit ausgeprügelt, sich um sich selbst zu sorgen, doch die angeborene Güte war noch da, solange sie für andere reserviert war.

Doch der große Mann hörte nicht auf sie.

Er bewegte sich rasch auf die Frau und ihren Ehemann zu.

Tallon bemerkte die schmutzigen Bluejeans und schweren Stahlkappenlederstiefel des großen Mannes. Er ging auf die Frau zu, und Tallon wusste mit absoluter Gewissheit, dass er vorhatte, die Frau zu schlagen und dann zu treten, bevor sie aufstehen konnte. Wahrscheinlich würde er auch versuchen, den alten Ehemann zu verprügeln.

Musste seine Tochter beeindrucken, befahl ihm sein Erbsenhirn wahrscheinlich.

Tallons Regeln über schlechte Eltern waren eine Sache.

Unschuldige Zuschauer waren etwas ganz anderes. In der Angelegenheit gab es keine verwischten Linien.

Noch bevor jemand reagieren konnte, hatte er seine Nische verlassen und sich zwischen den großen Mann und das ältere Paar bewegt.

Tallon und der große Mann standen Auge in Auge.

»Drehen Sie sich um, gehen Sie zurück und entschuldigen Sie sich bei Ihrer Tochter«, sagte Tallon.

Der Mann lachte mit ungläubigem Gesichtsausdruck. Er sah hinter sich, fragte sich, so vermutete Tallon, ob plötzlich eine Polizistenschar eingetroffen war, um Unterstützung zu bieten.

Doch dort war niemand. Nur ein verängstigtes Mädchen und Restaurantangestellte, die mit starren Blicken hinter der Theke hervorspähten.

Tallon las die Geschichte, die auf dem Gesicht des Mannes geschrieben stand. Ein grausamer Mann, der seine Überlegenheit beweisen und eigenhändig jeden fertigmachen wollte, der sich ihm in den Weg stellte, in einer kleinen Restaurantkette am Rand von Nirgendwo, USA.

Der Blick veränderte sich, wurde beinahe hämisch, und Tallon wusste, dass der Schlag kam, bevor es dem großen Mann selbst bewusst war.

Der Hieb des Mannes war ein wenig unkonventionell, langsam, aber mit ausreichend Kraft dahinter.

Anstatt ihm auszuweichen, trat Tallon ihm einfach entgegen, lenkte den Arm im weiten Bogen ab, packte ihn mit beiden Händen und hieb ihn auf die Rücklehne eines der fixierten Stühle des Restaurants.

Der Arm zerbrach wie ein mittelgroßes Stück Treibholz.

Der Mann schrie und schwankte, fiel beinahe auf die Knie.

Tallon hieb dem Mann mit dem Ellbogen gegen die Kehle, was den Schrei unterbrach, und dann, noch während der Mann zusammensackte, setzte er mit einem Kniestoß ins Gesicht nach. Tallon spürte und hörte, wie der Knorpel gleich einem überfahrenen Tier unter einem Lastwagenreifen zerquetscht wurde.

Die Augen des Mannes rollten nach hinten.

Hinter ihnen beendete der Geschäftsführer einen Anruf, den er gerade getätigt hatte. 9-1-1, das wusste Tallon.

Ihm blieb gerade genug Zeit, also fing er an, dem Mann die Ringe von den Fingern zu ziehen.

Er wusste nicht genau, warum.

Ein Teil von ihm begriff, dass die Ringe alt waren, und dass die Finger des Mannes um sie herum fett geworden waren. Sie waren die Rüstung des Mannes. Etwas an der Art, wie sie aussahen, erschien Tallon so, als verschafften sie dem Mann ein gewisses besonderes Selbstvertrauen. Und dass er sich schon lange Zeit so gefühlt hatte.

Deswegen ließen sie sich nicht leicht lösen.

Einer riss einen Großteil der Haut des Fingers ab, an dem er saß.

Tallon musste drei Finger brechen, um die zugehörigen Ringe abzubekommen.

Alle Ringe lagen nun in seiner rechten Hand, und er stopfte sie dem Mann in den Mund, wobei er ihm mehrere Zähne abbrach.

Dann kehrte Tallon an seinen Tisch zurück, nahm sein Tablett und schob den Teller und das übrige Essen in den Abfalleimer. Er nahm sich eine zusätzliche Serviette und wischte sich die Hände ab.

Er ging zu dem jungen Mädchen hinüber und zog ein Geldbündel aus seiner Vordertasche. Er schätzte, dass er da mindestens eintausend Dollar hatte. Mit seinem Körper verdeckte er den Blick auf den Mann am Boden, obwohl dieser vollständig das Bewusstsein verloren hatte, und reichte dem Mädchen das Geld.

»Steig in einen Bus. Nimm deine Mom mit, wenn sie dich liebt. Verschwinde von hier. Er hat die Lektion wahrscheinlich nicht gelernt.«

Das Mädchen murmelte etwas Leises, aber sie steckte das Geld in ihre Tasche und stand auf, um zu gehen.

Mit einem Nicken zu dem alten Paar brach auch Tallon auf.

Er hatte noch immer eine sechsstündige Fahrt vor sich.

4

Meilen von dem Mann entfernt, der gezwungen worden war, sein eigenes Grab zu schaufeln, wurde ein anderes Projekt durchgeführt.

Auch dieses wurde im Schutz der Dunkelheit ausgeführt, denn es war nur eine bescheidene Beleuchtung vonnöten.

Der Kojote, der dem toten Mann während seiner Hinrichtung ein Ständchen gebracht hatte, war jetzt nirgendwo zu entdecken.

Stattdessen waren eben jene beiden Männer mit den Knarren da, zusammen mit einem halben Dutzend anderer.

Die Aktion spielte sich hinter einem mit Schranken versehenen Eingang an einer unbefestigten Straße in der Mitte der Wüste ab, von Stacheldraht und Schildern umgeben, die Privatgelände ausriefen. Es gab ein halbes Dutzend Gebäude, die im Stil eines Militärkomplexes verstreut lagen. Das größte der Gebäude hatte die Ausmaße eines Flugzeughangars.

Bündel von Wüstentarnnetzen übersäten den ganzen Komplex, manche an Ort und Stelle, andere warteten darauf, benutzt zu werden, sobald sich die Umstände ergaben.

Anders als bei ihrer Aktion vor einigen Stunden begruben die Männer mit den Knarren keinen Menschen.

Diesmal machte sich ein großes Maschinenteil auf den Weg in sein neues Zuhause.

Unter der Erde.

In dem riesigen, hangarähnlichen Gebäude wurde eine große Falltür angehoben und enthüllte einen Tunnel von der Breite dreier Fahrspuren. Alles war militärgrau gestrichen und der Weg wurde von Lampen erhellt, die von Metallschirmen geschützt wurden.

Es gab einige leise Gespräche, subtile und doch unmissverständliche Handgesten, und eine heikle Aufgabe befand sich im Prozess präziser Durchführung. Die Luft roch nach Benzin, Motoröl und frischer Farbe.

Nahe der Rückseite des Hangars stand ein schweigender Mann. Er war sehr groß. Sehr dünn. Mit einer Glatze, die das grelle Innenlicht des Hangars einfing. Die arbeitenden Männer sahen ihn nicht direkt an; stattdessen schienen sie seine Anwesenheit aus den Augenwinkeln wahrzunehmen.

Sobald der riesige Gegenstand sicher abgestellt und die großen Türen wieder geschlossen waren, drehte sich der glatzköpfige Mann um und betrat einen Fahrstuhl mit Knöpfen, die zwei Stockwerke unter Bodenniveau anzeigten.

Er betrat den Fahrstuhl und drückte auf den Knopf für das unterste Stockwerk.

Draußen wurden die Lichter des Komplexes abgeschaltet und das Tarnnetz von einem automatisierten System an seinen Platz bewegt, wie in einem Footballstadion mit einem ausfahrbaren Dach.

Auf der unbefestigten Straße wurden die Reifenspuren der Fahrzeuge langsam vom nächtlichen Wüstenwind ausgelöscht.

5

Wenn es die Situation verlangte, konnte sich Lauren Pauling mit einer Schnelligkeit und Geschicklichkeit bewegen, die die Menschen um sie herum oft überraschten. Ihre weißen Muskelfasern waren allzeit bereit und ihre Reflexe sowie ihre Ausdauer waren eine kleine Legende beim Bureau.

Jedoch zog sie es vor, wann immer möglich, mit Bedacht vorzugehen.

Prüfen. Analysieren. Intuitiv erfassen.

Genau so ging sie mit der Ankunft des mysteriösen weißen Umschlags um.

Demjenigen, auf dem schlicht *Reacher* stand.

Sie stand bewegungslos in ihrem Büro, den Kopf leicht zur Seite geneigt, während sie gedanklich eine Reihe rascher Beobachtungen und Berechnungen durchging.

Definitiv nicht mit der Post gekommen.

Zu früh.

Definitiv nicht durch einen der Nachtzusteller ausgeliefert, da der Umschlag neutral war, ohne Beschriftung mit dem Namen einer Versandfirma.

Rasch verwarf sie auch den Gedanken, dass er fälschlicherweise an eine andere Adresse geliefert und vom Bewohner dieser falschen Adresse in ihr Büro gebracht worden war.

Es stand überhaupt keine Adresse auf der Vorderseite.

Auch nicht ihr Name.

All das sagte Pauling, dass der Brief persönlich zugestellt worden war.

Vielleicht von einem Kurier.

Trotzdem, die meisten Kuriere waren unterwiesen, ob sie eine Zustellbestätigung einholen sollten oder nicht. Meistens war es die Regel.

Was bedeutete: Falls der Umschlag per Kurier zugestellt worden war, lautete die Anweisung, ihn einfach auszuliefern, ohne sich eine Unterschrift zu holen.

Warum?

War dem Kurier aufgetragen worden, ungesehen zu bleiben?

Den Brief schlicht unter ihrer Tür hindurchzuschieben und zu verschwinden?

Pauling machte einen Schritt auf den mysteriösen Besucher auf dem Boden ihres Büros zu.

In New York zu leben, dem Lieblingsziel verschiedener Terroristengruppen, machte Menschen tendenziell misstrauisch, wenn ihnen unbeschriftete Sendungen zugestellt wurden. Und Pauling war keine Ausnahme.

Noch dazu war sie Ex-FBI und hatte ihren Anteil an mit ausländischen Staatsfeinden verbundenen Pflichten erfüllt.

Als ob das nicht genug wäre, hatten sie und Jack Reacher einem korrupten Söldner ernsthaften Schaden zugefügt. Vielleicht war eines seiner Gangmitglieder wieder da und wollte Rache.

Auch das schloss Pauling aus.

Selbst eine Briefbombe müsste irgend eine Form haben.

Dieser Umschlag war flach. Pauling schätzte, dass ein Blatt Papier darin war. Wahrscheinlich noch nicht einmal eine ganze Seite. Karteikartengröße.

Sie schloss auch den Gedanken aus, dass Jack Reacher die Nachricht gebracht hatte. Nicht Reachers Stil. Er war direkt und auf den Punkt. Sicher, er bewegte sich anonym durchs Land, aber auf keinen Fall wäre er zu ihrer Tür gekommen und hätte ein Stück Papier abgelegt, ohne seine Anwesenheit anzukündigen.

Pauling hatte all diese Informationen allein durch die Begutachtung der vorderen Umschlagseite gesammelt. Jetzt trat sie vor, beugte sich hinunter und drehte den Brief um, bevor sie ihn aufhob.

Auf der Rückseite stand nichts.

Auch das bestätigte ihre vorherigen Theorien.

Ein eigenhändig zugestellter Brief.

Sie hob ihn auf, brachte ihn zu ihrem Schreibtisch und legte ihn ab. Sie setzte sich. Beugte sich vor. Roch am Umschlag.

Nur der schwache Duft von Papier, eine Art unscheinbarer Geruch, den man mit einem winzigen Kopierraum in einer Firma assoziierte. Oder mit einem Geschäft für Bürobedarf, direkt, nachdem es seine Lieferungen mit Schulmaterial erhalten hatte.

Außerdem eine Spur New Yorker Autoabgase.

Das war alles.

Sie entschied, dass sie sämtliche möglichen Informationen gesammelt hatte, nahm einen Brieföffner und schlitzte den Umschlag auf.

Ein Stück Papier glitt auf ihren Schreibtisch.

Es war karteikartengroß.

In der Mitte gefaltet.

Kein schicker Zierrand. Keine Fettschrift. Kein schweres Leinenpapier.

Nur eine handelsübliche Briefkarte.

Pauling klappte sie auf.

In schwarzer Tinte mit gleichmäßiger Handschrift stand eine Telefonnummer geschrieben.

Die Nummer sagte ihr nichts.

6

Beinahe zweitausend Meilen von der mysteriösen Aktivität in der Wüste entfernt, versammelte sich eine Menschengruppe um einen großen, aus einem dunklen, perfekt polierten Holz hergestellten Tisch. Er war fast schwarz und reflektierte die Einbaulampen über ihm, ebenso wie die beklommenen Gesichter, die rings um ihn herum saßen.

Auf dem Tisch lagen Aktenordner. Laptops mit verschiedenen Kabeln, die in geschickt kaschierte Öffnungen liefen. Pappbecher mit hoch konzentriertem Kaffee.

Sehr wenige Worte wurden gesprochen.

Ein großer Bildschirm an einem Ende des Raums zeigte eine Satellitenkarte. Es waren keine Städte aufgeführt. Keine Straßen mit entsprechenden elektronischen Beschriftungen.

Sämtliche eindeutig bestimmten Positionen fehlten.

Die wenige stattfindende Aktivität hörte auf, als sich die Tür öffnete und ein Mann eintrat.

Er war älter als die meisten, aber mit breiten Schultern, einem säuberlichen Igelschnitt und einer Haltung, die Selbstvertrauen, Bestimmtheit und totale Befehlsgewalt implizierte.

Ohne Zögern ging er zum Kopfende des Tischs. Er sah auf den Stuhl hinab, entschied sich aber dafür, stehenzubleiben. Er musterte die Männer und Frauen, die am Tisch saßen.

Er sprach abgehackt, mit einem Timbre, das Autorität verriet.

»Ich will, dass die Person in diesem Raum mit den aktuellsten Informationen, mir in möglichst wenigen Worten mitteilt ...«, sagte er und sein Blick wanderte von einer Person zur nächsten, bevor er den Gedanken beendete, »... was verdammt noch mal los ist.«

7

Für Michael Tallon war der Tod die Heimat.

Die kleine Stadt Independent Springs schmiegte sich in die südwestliche Ecke von Death Valley.

Das lag zwischen Los Angeles und Las Vegas, in einem Gebiet, das die meisten Menschen vom sehr weit entfernten Highway aus sahen.

Tallon besaß ein Stück Land von ordentlicher Größe und ein kleines Adobenhaus. Manche nannten es eine Casita, andere eine Ranch.

Für Tallon war es kein Heim. Er betrachtete es als Hauptquartier.

Von außen wirkte es wie eine typische Ranch eines kalifornischen Gentlemans. Jemand, der am Wochenende womöglich gern Cowboy spielte. Oder die Art Heim, zu dem ein berentetes Paar, das sich die großzügigen Häuser einer größeren Stadt nicht leisten konnte, als warme und günstige Option greifen mochte.

Aufgrund von Tallons Vorgeschichte besaß das Haus einige interessante Eigenschaften.

Mehrere Überwachungskameras. Ein Alarmsystem mit zwei Ersatzgeneratoren. Eine Waffenkammer. Einen Raum zum Gewichtheben, der die gesamte Garage einnahm. Eine Landschaftsgestaltung, die ganz normal wirkte, tatsächlich aber so angelegt war, dass ein Angreifer keine Deckung fand, während sie jemandem im Inneren des Gebäudes gleichzeitig mehrere nützliche Schussbahnen bot.

Ebenso war die Elektronik des Hauses ungewöhnlich. Es gab einen festinstallierten Telefonanschluss. Eine kabellose Funkanlage. Zwei Satellitentelefone mit mehreren Batterien und Ladegeräten. Ein drahtgebundenes Kommunikationssystem für Kabelanschluss und Internet, zusammen mit einem satellitenbasierten Stream, der die Hausinformationen ohne Strom und im Fall einer Unterbrechung der physischen Kabel weiterhin speisen konnte.

Die Fenster waren kugelsicher, die Eingangstüren von besonderer Bauart, geschaffen, um Explosionen und Feuer zu widerstehen. Man könnte meinen, Michael Tallon sei ein Mann mit einer Menge Feinden.

Das stimmte zwar, aber es stimmte auch, dass die meisten von ihnen tot waren.

Dennoch hatte Tallon einige Vorsichtsmaßnahmen getroffen, weil er es sich leisten konnte, und es war sinnvoller, Befestigungen einzubauen, als zu sparen.

Wenn er etwas tat, versuchte Michael Tallon, es richtig zu tun.

Jetzt deaktivierte er das Sicherheitssystem, ging durch das Haus, und mit dem Ergebnis zufrieden packte er seine Ausrüstung aus. Er verstaute seine Waffen, duschte und goss einen Fingerbreit Whisky in ein Glas.

Er setzte sich ins Wohnzimmer, wo das Panoramafenster die Weite der Wüste bis zu den Bergen dahinter überschaute. Im Inneren des Raums war es dunkler als draußen und eine Schicht aus spiegelndem Material zierte das Äußere. Niemand konnte hineinsehen, aber Tallon konnte hinausschauen.

Es war schön, wieder hier zu sein, dachte er.

Sein Auftrag war mit der gehörigen Effizienz ausgeführt worden und alles war nach Plan verlaufen.

Abgesehen von der Konfrontation im Restaurant.

Tallons Gedanken wanderten zu dem jungen Mädchen. Sie hatte eine Herausforderung vor sich, das stand fest. Die Polizei würde kommen. Sie würde eine halbherzige Suche nach dem Mann durchführen, der den ursprünglichen Angreifer verletzt hatte. Aber sie würde nichts finden. Tallon war recht talentiert, wenn es darum ging, keine Spur seiner Anwesenheit zu hinterlassen.

Aber das Mädchen. Er hoffte, sie würde sein Geld nehmen und verschwinden. Einen Freund aufsuchen. Oder ein Familienmitglied. Vielleicht war ihre Mutter gar nicht so schlimm. Vielleicht brauchten sie nur eine Auszeit.

Vielleicht würden sie die Einmischung eines Fremden als ein Zeichen dafür sehen, neue Wege zu beschreiten.

Er hoffte es.

Aber es war eine zurückhaltende Hoffnung. Er wünschte, es gäbe einen Weg, die Geschichte zu verfolgen, aber er wusste, dass er das nicht konnte. Dem Mädchen eine Information zu geben, wäre ein Fehler gewesen. Sie wäre gezwungen gewesen, diese Information der Polizei weiterzugeben, und dann gäbe es Probleme.

Er hatte das Richtige getan.

Doch ein Teil von ihm fragte sich … hatte er genug getan?

8

Die Überlegungen gingen weiter.

Pauling aß mit einer Kontaktperson der United Nations zu Mittag. Sie war auch eine Frau. Sie und Pauling hatten eine geschäftliche Beziehung. Doch sie erkannten dieselben Prüfungen und Mühen ineinander wieder, die immer damit einhergingen, eine starke und intelligente Frau in der Welt zu sein.

Ihre Freundschaft brachte Vorteile.

Manchmal nutzte Pauling die Frau, um Informationen zu erhalten. Informationen, die sie von ihren üblichen Kontakten beim FBI nicht bekam. Oder beim State Department. Oder sogar aus ihren Datenbanken, für die sie jeden Monat beträchtliche Summen ausgab.

Manchmal gab es einfach keinen Ersatz für einen Insider.

Das war etwas, an das auch Jack Reacher fest glaubte, wie sie wusste.

Die Frau der UN bekam auch etwas. Hauptsächlich Karrieretipps und Welterfahrung. Die Frau der UN sprach mehrere Sprachen, war überall herumgekommen, allerdings nicht in denselben Kreisen, in denen Pauling sich bewegt hatte. Deswegen benutzte sie Pauling oft als Resonanzboden. Paulings analytischer Verstand war rasiermesserscharf und die Frau hatte die Ressource auf den ersten Blick erkannt.

Für Pauling war das Mittagessen ein Genuss. Eine wohltuende Pause. Ein wunderbarer Salat von grünem Feldgemüse, kandierten Walnüssen und geräuchertem Lachs. Mit einem Glas Mineralwasser. Und einem ausgezeichneten zum Nachdenken anregenden Gespräch.

Im Hinterkopf dachte Pauling allerdings an die Telefonnummer und den mysteriösen Umschlag mit Reachers Namen darauf.

Pauling liebte Geheimnisse. Und Rätsel. Deswegen war sie überhaupt in den Gesetzesvollzug gegangen.

Sie hatte Herausforderungen schon immer geliebt, und so hatte sie sich diese zum Beruf gemacht. Je schwieriger die Aufgabe, desto besser.

Nach dem Mittagessen ging Pauling zu Fuß zu ihrem Büro zurück. Es war ein sonniger Tag in New York;

die Schatten der Gebäude minderten die Wärme, aber Pauling ging soweit möglich in der Sonne. Die meisten Büroangestellten waren wieder an ihren Schreibtischen und auf den Bürgersteigen herrschte relativ wenig Fußgängerverkehr. Das war eine der Annehmlichkeiten der Selbstständigkeit. Die Möglichkeit, seinen eigenen Zeitplan zu gestalten und sich hier und da einen Augenblick zu sichern, um sich zu entspannen.

In ihrem Büro begab sich Pauling an ihren Schreibtisch und rief eine der Datenbanken auf. Sie nutzte einen Rückwärtssuchdienst und forschte nach Informationen über die geheimnisvolle Telefonnummer.

Die Ergebnisse kamen prompt.

Es war ein Handy.

Auf jemanden in Albuquerque, New Mexico, registriert.

Das war interessant.

Pauling war noch nie in Albuquerque gewesen. Sie war in Las Cruces, New Mexico, gewesen, um einen Drogendealer zu jagen, der bei El Paso ins Land geschlüpft war. Irgendwann hatte sie ihn nahe des Mescalero-Reservats geschnappt, wo er sich in einem heruntergekommenen Wohnmobil versteckt hatte, das von einem achtzigjährigen Hippie-Paar gefahren wurde.

Aber sie war nie in Albuquerque gewesen. Sofort wanderten ihre Gedanken zu Reacher. Seine Reisen führten ihn überall hin, wie sie wusste. War er in Albuquerque gewesen? Hatte er die Nachricht von dort aus an ihr New Yorker Büro geschickt?

Für einen Augenblick fragte sie sich, ob Reacher Hilfe brauchte.

Und dann lachte sie sich für die Albernheit des Gedankens aus.

Reacher brauchte nie irgendjemandes Hilfe, soweit sie wusste.

Trotzdem blieb die Frage des Umschlags ein Rätsel und sie genoss die Zerstreuung.

Schließlich entschied sie, dass die Zeit des Nachdenkens vorüber war.

Sie nahm den Telefonhörer in die Hand, tippte die Zahlen ein und wartete auf eine Stimme am anderen Ende der Leitung.

9

Der IQ des Gefangenen lag ungefähr bei armseligen Neunzig oder so. Fünf Punkte unter dem untersten Ende des durchschnittlichen Spektrums menschlicher Intelligenz. IQ und Persönlichkeit waren allerdings nicht miteinander verknüpft.

Seine antisozialen und soziopathischen Tendenzen waren ganz von allein entstanden. Sie waren nicht von seiner geistigen Kapazität verursacht worden; sie traten vielmehr deswegen zutage.

In anderen Worten, seine angeborene Wesensart verdammte ihn zu einem kriminellen Leben. Seine niedrige Intelligenz garantierte, dass er geschnappt wurde. Und das schnell.

Mit fünfzehn war der Mann – die Testperson – schon mehrmals inhaftiert gewesen. Bei seiner letzten

Freilassung war er zum Aufenthalt in einem Resozialisierungszentrum verurteilt worden. Zu seinen weniger angenehmen Charakterzügen hatte er bald noch die Sucht hinzugefügt.

Heroin, um genau zu sein.

Das Angebot von Gratisdrogen führte zu seiner Abhängigkeit, und nun fand er sich festgeschnallt wieder, an einen Stuhl mit gerader Lehne, dessen Beine im Betonboden verankert waren.

Der Raum bestand komplett aus Beton, mit einem einzigen Deckenlicht und einem Rohr, das über die Länge der Wand verlief, hoch zur Decke, hin zu einem schmucklosen Duschkopf, der direkt über dem Kopf der Versuchsperson schwebte.

Der Gefangene hatte die merkwürdige Eingebung, dass er sich unter der Erde befand. Vielleicht lag es an der Qualität der Akustik. Oder an den fehlenden Fenstern. Oder am leicht feuchten, moderigen Geruch wie von einem Keller.

Hinter einem dicken Fenster mit Einwegscheibe beobachtete eine kleine Menschengruppe den Gefangenen. Sie betrachteten ihn mit großem Interesse. Jeder von ihnen hielt ein Klemmbrett mit einem Blatt voller Linien und Kästchen in der Hand, das sie benutzen würden, sobald das Experiment begann.

Hinter der Gruppe stand ein kahlköpfiger Mann von imposanter Statur. Er war fast zwei Meter groß, mit breiten Schultern und einem Gesicht, das aus scharfen Kanten bestand. Der Kopf des Mannes war rasiert, was mehrere Blutgefäße enthüllte, die gut sichtbar hervorstanden. Seine Augen waren klar und blau und ein bisschen mehr geweitet als normal, so als sei er entweder leicht überrascht oder als betrachte er die Welt um sich herum mit großer Intensität.

Diejenigen, die ihn gut kannten, wussten, dass Letzteres zutraf.

Sie wussten auch, dass es einen Grund gab, warum seine Blutgefäße erweitert waren. Er war sowohl ein Doktor der Medizin als auch der Philosophie. Sein medizinischer Abschluss verschaffte ihm großen Spielraum beim Selbstverordnen ungewöhnlicher und einzigartiger pharmazeutischer Produkte, die dazu bestimmt waren, seine Muskulatur sowie auch seinen Intellekt zu verbessern.

Die physischen Nebeneffekte waren allzu offensichtlich.

Die psychologischen Auswirkungen waren es nicht.

Die Gruppe vor dem Mann hatte jedoch nicht die Absicht, ihre Beobachtungen kundzutun. Sie war ausschließlich auf den Gefangenen auf der anderen Seite der Wand konzentriert. Jeder einzelne von ihnen wusste auch, dass der Mann hinter ihnen *sie* ebenso studierte wie das unglückliche Opfer, das an den Stuhl gebunden war. Es war ihnen lieber, in ihrer jetzigen Umgebung beobachtet zu werden, statt im Raum auf der anderen Seite der abgeschirmten Wand.

Irgendwo hinter ihnen klang ein dumpfes mechanisches Geräusch durch den Raum. Alle richteten sich gleichzeitig auf ihren Stühlen auf und brachten ihre Stifte in Position über ihren Papieren. Der Mann hinten blieb unbeweglich.

Ein gurgelndes Geräusch hallte durch den Raum, gefolgt von einem Zischen, und dann quoll ein Strom trübbrauner Flüssigkeit aus dem Duschkopf und ergoss sich über den Gefangenen darunter.

Der Mann kämpfte gegen seine Fesseln, jedoch ohne Erfolg. Sie waren von Industriequalität und selbst ein Mensch mit übermenschlicher Stärke konnte sie unmöglich zerreißen. Der Stuhl selbst war extrem stabil und konnte dem panischsten Gezappel problemlos standhalten.

Der Mann im Stuhl bäumte sich auf und warf sich hin und her, schrie und fluchte. Zuerst waren es Angstproteste; während die Flüssigkeit jedoch weiter auf den Mann herabregnete, wurde seine Haut rot und begann Blasen zu werfen. Die Angst wurde zu Wut, gefolgt von feindseligem Rufen und Fluchen. Allmählich verlor seine Stimme an Lautstärke und seine Kehle und Stimmbänder brannten.

Sein Kopf sackte nach vorn.

Die Flüssigkeit ergoss sich weiter über seine mittlerweile reglose Gestalt.

Bald schon waren die Auswirkungen auf seinen Körper massiv und unumkehrbar.

Hinter der Wand begannen die Menschen mit den Klemmbrettern zu schreiben.

Der Mann hinten im Raum beugte sich vor.

Er lächelte.

10

»Hallo?«

Die Stimme am anderen Ende der Leitung gehörte einer Frau. Das Alter anhand einer Stimme einzuschätzen war immer schwierig, aber Pauling vermutete, dass die Frau jünger war. Ungefähr zwischen Mitte zwanzig und Mitte dreißig.

»Hallo, hier ist Lauren Pauling. Ich bin Privatermittlerin. Mit wem spreche ich?«

»Wer? Wer sind Sie?«

Die Frau klang gereizt und gehetzt.

Im Hintergrund konnte Pauling den Klang anderer Stimmen und womöglich jemanden auf eine Tastatur tippen hören.

Pauling formulierte ihre Antwort etwas langsamer und eine Spur lauter. »Lauren Pauling; ich bin

Privatermittlerin. Jemand schickte mir einen Brief mit dieser Telefonnummer.«

»Warten Sie«, sagte die Frau.

Pauling lauschte und hörte das Rascheln von Stoff, was vermutlich bedeutete, dass die Frau das Telefon an sich gedrückt hatte. Sehr wahrscheinlich war die Frau bei der Arbeit, in einem Büro, und musste an einen ruhigen Ort gehen, um das Gespräch zu führen.

Kurz darauf hörte Pauling das Geräusch einer sich schließenden Tür und die Frau kam wieder in die Leitung.

»Okay«, sagte die Frau.

Pauling wartete, doch die Frau hatte anscheinend nicht die Absicht, ein Gespräch zu beginnen.

»Zuerst mal: Haben Sie mir diesen Brief geschickt?«, fragte Pauling.

»Nein, ich habe niemandem einen Brief geschickt.« Ihre Stimme war verhalten. Als würde sie von einer Autoritätsperson befragt.

»Okay«, sagte Pauling. »Brauchen Sie aus irgendeinem Grund einen Privatermittler?«

Stille am anderen Ende der Leitung. Entfernte Verkehrsgeräusche waren zu hören und Pauling vermutete, dass die Frau ihr Bürogebäude verlassen hatte und nun draußen telefonierte, was ihr ein bisschen extrem erschien.

Warum hatte sie das Bedürfnis nach derart viel Privatsphäre?

»Hallo?«, fragte Pauling.

»Ich bin noch dran«, sagte die Frau.

»Kennen Sie einen Jack Reacher?«, fragte Pauling.

»Wen?«

»Jack Reacher.«

»Nein.«

Ein Streich, dachte Pauling. *Es muss ein Streich sein.* Jemand hatte wohl über ihre und Reachers Heldentaten im Anne-Lane-Fall gelesen. Warum man sich die Mühe gemacht hatte, sich etwas so Unerfreuliches und Unbedeutendes wie das hier auszudenken, überstieg ihre Vorstellungskraft. Aber es waren schon seltsamere Dinge geschehen.

Trotzdem war das Verhalten der Frau am anderen Ende der Verbindung merkwürdig. Normalerweise kam ein Streich mit einer Pointe.

Bisher gab es keine.

Tja, sie hatte zu arbeiten. Wenn niemand ihre Hilfe brauchte, wendete sie sich gern der nächsten Tagesaufgabe zu.

»Es tut mir leid«, sagte Pauling. »Da muss ein Fehler passiert sein. Ich entschuldige mich aufrichtig für die Störung …«

Ein gedämpftes Geräusch erklang und Pauling hörte zu reden auf.

Sie lauschte aufmerksam.

Das Geräusch kam noch mal.

Hatte die Frau gekeucht?

»Hallo?«, fragte Pauling.

Noch ein Geräusch.

Und dann begriff Pauling, was sie da hörte.

Die Frau weinte.

11

Der Mann, der die Leitung der um den großen schwarzen Konferenztisch sitzenden Gruppe besaß, war unter dem Namen Rollins bekannt. Er hatte einen Vornamen. Und einen ziemlich beeindruckenden Titel. Aber er zog es vor, Rollins genannt zu werden. Nicht mehr. Nicht weniger.

Er wartete geduldig, während die Individuen am Tisch ihre Antwort auf seine Aufforderung, jemand solle ihm sagen, was vor sich ging, abwogen.

Rollins wusste allerdings, dass sie nicht einfach nur ihre Gedanken ordneten, bevor sie sprachen; sie beurteilten auch ihren jeweiligen konkurrierenden Rang im Raum.

Je niedriger der Rang einer Person in der Hierarchie war, desto geringer war das Bedürfnis, zu sprechen.

Diejenigen mit den Laptops waren hin- und hergerissen, starrten konzentriert auf ihre Bildschirme, während sie gleichzeitig zu würdigen versuchten, dass ihr Vorgesetzter gerade eine Äußerung gemacht hatte, auf die jemand im Raum eingehen musste.

Je länger die Stille anhielt, desto geladener wurde die Luft im Raum.

Schließlich führten kaum wahrnehmbare Veränderungen in der Körperhaltung dazu, dass sich alle leicht in Richtung des Mannes beugten, der zentral an einer Seite des Tischs saß.

Sein Name war Petrie.

Im Unterschied zur breitschultrigen, silbrigen Igelschnittpräsenz von Rollins war Petrie ein kleiner Mann. Er hatte einen sehr schmalen Kopf, als habe ihn jemand zusammengepresst wie einen zwischen festeren Gegenständen im Einkaufswagen zerdrückten Brotlaib. Seine Nase war lang, mit einem hohen römischen Bogen. Seine Augen lagen tief in seinem Gesicht.

Der Effekt war der eines kleinen Raubvogels.

»Seit der Erstbenachrichtigung haben wir Daten gesammelt. Dieser Prozess dauert noch an. Es ist zu früh, um Schlüsse zu ziehen«, sagte Petrie schließlich.

»Bitte nennen Sie mir Ihre vorläufigen Schlüsse«, sagte Rollins. Das war eine Zurechtweisung. Verzögern war unakzeptabel. Theorien mussten aufgestellt werden. Hypothesen getestet. Einblicke gewonnen.

Der Raum verfiel in Schweigen.

Rollins drehte langsam den Kopf, ließ seinen Blick mindestens ein paar Sekunden lang auf jeden einzelnen fallen.

Schließlich landete er auf einer Frau, die ganz hinten am Tisch saß. Sie hatte kurzes, kastanienbraunes Haar, das zu einer modischen Keilform geschnitten war. Ihr Gesichtsausdruck war harmlos, aber es war die Art Offenheit, die einem einen Vorteil verschaffte. Viele hatten der Miene getraut, nur um festzustellen, dass sie ein Stolperdraht war.

Den Kopf hebend, löste sie ihren Blick vom Laptop vor sich und sah direkt in Rollins' Augen.

»Jemand ist uns so weit voraus, dass wir noch nicht mal sein Rücklicht sehen können«, sagte sie.

12

Die Sonne war gnadenlos, aber Gnade war das Letzte, was Tallon wollte.

Sein Ziel war von strafender Natur. Was einen nicht umbrachte, machte einen härter.

Er begann den Lauf mit einem Sprint, um ins Schwitzen zu kommen und seinen Puls auf Touren zu bringen. Es gab einen Pfad, der sich von einem Canyoneingang mehrere Meilen von seinem Haus entfernt aus fortschlängelte. Er war dort hingefahren, hatte geparkt und seinen Trainingslauf begonnen.

Wofür trainierte er?

Diese Frage stellte er sich oft. Er trainierte für alle Eventualitäten, sagte er sich. Das Unerwartete. Das Bevorstehende. Den unvorhergesehenen Feind um die Ecke.

Das war seine Lebensweise.

Ihm war beigebracht worden, dass Reflexe auf Training zurückzuführen waren. Mit sekundenschnellen Entscheidungen konfrontiert, unter Zwang, griffen die meisten Menschen auf ihre grundlegendsten Instinkte zurück. In anderen Worten, damit sich das gewünschte Verhalten einstellte, musste es in Fleisch und Blut übergehen. Und es konnte nur durch wiederholtes Training so tief verwurzelt werden. Wieder und wieder und wieder. Bis man es tat, ohne nachzudenken.

Denn in der Hitze des Gefechts blieb normalerweise keine Zeit, sich die Sache durch den Kopf gehen zu lassen.

Man reagierte schnell, oder man starb.

So einfach war das.

Tallon hatte eine beschwerte Weste angezogen, um einen Rucksack oder eine Waffe zu simulieren. Er trug ein leichtes T-Shirt, Cargohosen mit Tarnmuster, Wanderstiefel, eine Baseballmütze und eine Sonnenbrille. Um sein Handgelenk befand sich eine Armbanduhr. An der Innenseite seiner Hose war ein verstecktes Holster mit einer 9-Millimeter-Pistole angebracht. Der Pistole gegenüber trug er ein Klappmesser, zu einer scharfen Klinge feingeschliffen.

Sobald sein Atem stoßweise kam, verlangsamte Tallon die Geschwindigkeit auf ein gleichmäßiges Joggen, eines, das die Meilen verschlingen würde und das er stundenlang beibehalten konnte. Es war seine Standardgeschwindigkeit.

Die Canyons waren rot gerändert, der Sand ein schmutziges Braun, das sich dunkler zeigte, wo der Wind oder ein Tier die Erde aufgewühlt hatten. Vereinzelte Feldmäuse huschten Tallon aus dem Weg und über ihm beobachtete ein Habicht seinen Fortschritt.

Routine war nie etwas Gutes. T

allon wusste, dass Muster schlecht waren. Als Jäger hatte er sich die ausgiebig zunutze gemacht. An solchen Tagen nahm Tallon nie die gleiche Route zweimal, sondern hatte eine generelle Idee für die Länge des Laufs im Sinn. Normalerweise strebte er etwa zehn Meilen an, und indem er sich umentschied, um unebenes Terrain zu vermeiden, war es ihm nicht nur möglich, seinen Laufweg zu variieren, sondern auch die Distanz zu verlängern oder zu verkürzen, je nachdem, was er gerade bevorzugte.

Heute war ein längerer Tag.

All die Zeit auf der Straße, in einem Fahrzeug gefangen, hatte ihn rastlos und gereizt gemacht. Die offene Wüste beruhigte ihn. Die Extreme des nahen Death Valley halfen ihm, seine Perspektive und seinen Fokus aufrechtzuerhalten.

Während er lief, blieb die Ruhe aus, die auf diesen Ausflügen sonst so rasch einsetzte. Etwas stimmte nicht mit ihm. Etwas fühlte sich anders an.

Sein Blick und sein Verstand suchten nach Abweichungen im umliegenden Gelände. Vielleicht war noch jemand anderes draußen in der Wüste. Wanderer. Camper. Methköche. Es wäre nicht das erste Mal, dass er andere traf, die aus den verschiedensten Gründen Zuflucht in der Wüste suchten.

Doch er sah niemanden.

Tallon lief weiter.

Der Habicht hatte seine Flugschleifen beendet und war fort. Eine Schlange kreuzte Tallons Weg hundert Meter vor ihm.

Sein Schritt verschlang die Meilen und weniger als anderthalb Stunden später näherte er sich dem Ende seiner Strecke.

Tallon war mit seiner Leistung zufrieden.

Aber der Ausflug hatte ihn beunruhigt.

Als habe er etwas übersehen.

Etwas da draußen in der Wüste.

13

»Wer sind Sie?«, fragte die Frau. »Ich weiß, dass Sie Ihren Namen genannt haben. Aber, na ja, wer sind Sie? Wirklich?« Sie schniefte. Ihre Stimme bebte und Pauling wusste, dass die Anstrengung, selbst diese Worte hervorzubringen, enorm gewesen war.

Pauling gab der Frau einen Moment und sagte dann: »Mein Name ist Lauren Pauling. Ich bin Privatermittlerin, ansässig in New York City. Ihre Telefonnummer wurde mir durch einen Brief ins Büro gebracht.«

»Ich verstehe das nicht«, sagte die Frau.

»Warum fangen wir nicht mit Ihrem Namen an?«, fragte Pauling. Sie hatte ein leeres Blatt Papier vor sich, den Stift zum Schreiben bereit.

»Ich weiß nicht«, sagte die Frau.

»Sie kennen Ihren Namen nicht?«

»Nein, ich meine, ich weiß nicht, ob ich mit Ihnen reden sollte. Ich weiß nicht, was ich tun soll.« Die Stimme der Frau war höher geworden und Pauling wusste, dass sie gleich in Tränen ausbrechen würde. Vermutlich versuchte sie sich im Griff zu behalten, da sie an ihren Schreibtisch zurückgehen musste. Ein von Tränen ruiniertes Gesicht würden die Arbeitskollegen bemerken.

Die junge Frau versuchte verzweifelt sich zusammenzureißen.

»Warum haben Sie Angst, mir Ihren Namen zu nennen?«, fragte Pauling.

»Ja. Ich meine, ich habe Angst davor, mit Ihnen zu reden. Ich weiß nicht, wer Sie sind oder warum Sie mich anrufen. Ich weiß nicht, ob es eine Art Trick ist. Oder ein Test. Ich weiß es einfach nicht.«

Die Stimme der Frau war leiser geworden, fast zu einem Flüstern. Sie war in Panik. Verängstigt.

Pauling versuchte so beruhigend wie möglich zu sein. »Hören Sie, warum fangen wir nicht von vorn an? Sagen Sie mir erst mal, ob Sie in unmittelbarer Gefahr sind.«

Eine lange Pause. Und dann: »Ich weiß es nicht.«

Pauling tippte unproduktiv mit dem Stift auf das Blatt Papier. Es war das einzige Geräusch im Büro. Tipp. Tipp. Tipp.

Ihr kam ein Gedanke.

»Haben Sie Angst, dass jemand dieses Telefonat mithört?«

Die Frau keuchte. Pauling verstand es als Bestätigung.

»Haben Sie Kinder?«, fragte Pauling.

»Nein.«

»Sind Sie verheiratet?«

»Ja«, sagte die Frau, aber die Antwort löste erneutes Schluchzen aus.

Geduldig wartete Pauling darauf, dass die Frau zu Atem kam.

»Ist Ihrem Mann etwas zugestoßen?«

»Ich … weiß nicht«, brachte die Frau erstickt hervor. »Ich kann das nicht. Nicht reden. Am Telefon. Ich muss gehen. Sie werden sich fragen, wo ich stecke.«

Pauling kam in den Sinn, dass sie der Frau einfach ihre Telefonnummer geben und ihr sagen könne, sie solle sie anrufen, falls sie glaubte, Hilfe zu brauchen. Normalerweise hätte sie es sich ernsthaft überlegt, diese Richtung einzuschlagen.

Die Geschichte jemand anderem zu überlassen.

Wenn da nicht eine Sache wäre.

Reacher.

Der Name hatte auf dem Umschlag gestanden. Warum? Wer hatte ihn darauf geschrieben? Eindeutig nicht diese Frau. Sie fürchtete sich vor ihrem eigenen Schatten. Und sie behauptete, den Namen Jack Reacher noch nie gehört zu haben.

Pauling hatte Reacher gut kennengelernt. In ihm erkannte sie ein fast krankhaftes Bedürfnis, sich für den *Kleinen Mann* einzusetzen. Für die Unschuldigen, die von den Mächtigen, die ihre Position ausnutzten, zum Opfer gemacht wurden.

War diese Frau einer dieser Menschen?

War es Reacher nicht möglich, dieser Frau zu helfen, und hatte er es deswegen eingefädelt, Pauling eine Nachricht zu schicken?

Zu viele Fragen.

Überhaupt keine Antworten.

»Laut Ihrer Handynummer leben Sie in der Gegend um Albuquerque?«, fragte Pauling.

»Ja.«

»Gibt es einen sicheren Ort, an dem wir uns treffen können? Einen öffentlichen Ort?«

»Wahrscheinlich. Ich meine, ja. Mein Büro. Wo ich arbeite.«

Pauling kalkulierte die Zeit, die sie zum Flughafen brauchen würde und schätzte die Flüge von New York aus ab.

»Okay, ich sag Ihnen was …«

Sie zögerte nur einen Moment, ein wenig von sich selbst über die Entscheidung überrascht, die sie im Begriff zu treffen war. »Ich werde in ein Flugzeug steigen und sehen, ob ich Ihnen helfen kann. Wenn ich es kann, super. Wenn nicht, auch nicht schlimm.«

»Hm«, sagte die Frau.

»Ich werde versuchen, heute am späten Abend da zu sein, falls möglich. Wenn nicht, dann gleich morgen früh.«

»Es ist nur …«

»Nur was?«

Noch eine lange Pause, und dann flüsterte die Frau.

»Ich glaube, sie sind auch hinter mir her.«

14

Der Gefangene mit dem niedrigen IQ sah sich die Sauerei am Boden an. Blut. Aber etwas war damit vermischt. Er starrte es an, aber er kam nicht drauf. Es kam ihm merkwürdig vertraut und trotzdem komplett fremd vor.

Und dann begriff er, was es war.

Seine Haare.

Fast alle. Die meisten waren in kleinen Büscheln ausgefallen, wortwörtlich von seinem Kopf geschmolzen wie ein Eisdamm in einem Fluss endlich im Frühling aufbricht.

Zusammen mit den Haaren lagen da mehrere Hautklumpen.

Er schrie, oder wenigstens glaubte er das, aber er konnte nichts hören. Große Wogen roter und gelber Lichter flammten in seinen Augen auf. Seine Haut brannte. Durch den Druck im Inneren seines Schädels kam es ihm so vor, als explodierten seine Augen aus den Höhlen.

Er hatte schon früher Schmerzen gehabt.

Aber nie so schlimme.

Er hatte anderen Menschen Schmerzen zugefügt. Manche der Gesichter zogen in seinem Bewusstsein vorbei. Da war die erste Frau, die er je attackiert hatte. Ein ehemaliger Freund, den er fast totgeschlagen hatte. Dieser Angriff war auch von ihm ausgegangen. Ein feiger Schlag von hinten mit einem Hammer.

Die Schreie in seinem Kopf wiederholten die Schreie, die sich aus seinem verbrannten Hals und Mund kämpften.

Er konnte nicht sagen, welche Qual Realität war und welche eine Erinnerung.

Mit einem Ruck bäumte sich sein Körper gegen die Fesseln, aber ohne Erfolg.

Er war gefangen.

Und er starb.

Wie jedes andere Mal in seinem Leben, wenn er dringend jemanden brauchte, irgendwen, war niemand da.

Er war auf sich gestellt.

Wenn er sich nicht selbst helfen konnte, dann gab es überhaupt keine Hilfe.

Ein weiteres Licht blitzte vor seinen Augen auf, aber dieses war anders. Er brachte es nicht mit Schmerz in Verbindung.

Er fragte sich, ob es Gott war.

Als Kind war er zur Kirche gegangen, bevor all die Probleme angefangen hatten, und er fragte sich, ober er gestorben war und Jesus sehen würde. Oder den Himmel. Oder vielleicht war es die Hölle. Vielleicht war er gestorben und das war die Hölle.

Er hatte nie bezweifelt, nicht in den Himmel zu kommen. Andererseits hatte er vor langer Zeit aufgehört, an Gott zu glauben. Also spielte es keine große Rolle.

Er wusste nur, dass diese Art von Schmerz die reine Hölle war.

Von der realen Sorte.

Noch mehr Schmerz, diesmal in seinem Arm und Hals. Ein scharfer, stechender Schmerz.

Er erkannte das Gefühl, trotz seiner Qualen.

Nadeln.

Sie stachen ihn mit Nadeln.

15

Pauling flog erster Klasse, einer der Vorteile daran, dass sie ihr eigenes Geschäft führte. Es gab niemanden in der Buchhaltung, der ihre Ausgaben infrage stellen konnte.

Das Geld floss bis zu ihr.

Als sie eine junge FBI-Agentin gewesen war, auf Regierungskosten, waren die Unterkünfte normalerweise weit unter erstklassig gewesen.

Trotz der öffentlichen Wahrnehmung, Regierungsbehörden seien zügellose Verschwender – Toilettensitze für achthundert Dollar gefällig? –, waren sie sich immer der Tatsache bewusst, dass sie vom Geld der Steuerzahler finanziert wurden. Deswegen waren sie meistens auf den billigsten Flügen gewesen, in den billigsten Hotelzimmern, hatten die schäbigsten Mietwagen genommen. Und mit extrem niedrigen Tagesspesen fürs Essen waren die Restaurants normalerweise schnell und billig gewesen.

Als Privatermittlerin, noch dazu eine erfolgreiche, war Pauling im geschäftlichen Aspekt von Ausgabenberichten und Steuervergünstigungen extrem versiert geworden.

Jetzt bestand sie auf Erster-Klasse-Flügen und erstklassigen Hotels. Mietwagen waren ihr egal. Und sie entschied sich meistens noch immer für schnelle, gesunde Mahlzeiten.

Nachdem das Flugzeug gestartet war und sich in Flughöhe eingependelt hatte, nahm Pauling ihren Laptop heraus, verband sich mit ihrem kostenpflichtigen fluginternen WLAN-Account und startete den Browser.

Nach einigem Zähneziehen und Weinen hatte sie es geschafft, den Namen der Frau in Albuquerque zu erfahren.

Er lautete Cassady Simmons.

Cassady mit »a«, hatte die Frau ihr gesagt.

Jetzt begann Pauling alles herauszusuchen, was sie über die mysteriöse Frau finden konnte, die irgendwie mit Reacher in Verbindung stand und großen Ärger zu haben schien.

Oder, genauer gesagt, große Angst.

Ob diese Furcht eine reale Grundlage hatte oder nicht, würde Pauling herausfinden.

Es gab nur spärliche Informationen über Cassady Simmons. Der einzige Social-Media-Account, den sie hatte, war ein als privat gekennzeichnetes Facebook-Profil. Das konnte sie nicht umgehen. Pauling schaffte es, Steuerunterlagen aufzurufen, und analysierte sie, bis sie eine Cassady Simmons fand, die mit einem Rick Simmons verheiratet war. Sie waren neunundzwanzig und einunddreißig Jahre alt. Sie hatten vor zwei Jahren ein Haus gekauft. In der Akte stand keine Arbeitgeberinformation, aber Cassady hatte Pauling die Adresse ihrer Arbeitsstelle mitgeteilt. Es war die eines Versorgungsgroßhandels, wie Pauling durch das Zurückverfolgen der Adresse festgestellt hatte, und es sah wie ein ziemlich alltäglicher Betrieb aus.

Sie suchte weiter, konnte aber nur wenig mehr herausfinden.

Pauling klappte den Laptop zu und dachte darüber nach, was sie potenziell vorfinden könnte. Der Flug verging schnell, und sie stand einmal auf, um sich die Beine zu vertreten, die Toilette aufzusuchen und die Knoten in ihrem Nacken vom langen Sitzen zu massieren. Geschäftsreisen waren keine so glamourösen Unterfangen, wie die Medien oder Filme gern darstellten.

Sie kehrte zu ihrem Platz zurück und ihre Gedanken wanderten unweigerlich zu Jack Reacher. Ihr kam in den

Sinn, dass sie ihn in Albuquerque treffen könnte. Vielleicht hatte er Cassady Simmons' Fall übernommen und brauchte ihre Hilfe. Sie fing sich wieder. Jack Reacher war eine Ein-Mann-Armee, die nie um Unterstützung bat.

Und Pauling war zu realistisch, um zu glauben, dass er sie schlicht wiedersehen wollte.

Nein, in Albuquerque ging etwas anderes vor sich.

Entweder steckte Cassady Simmons in Schwierigkeiten oder sie glaubte aus irgend einem Grund fest daran, dass sie in Gefahr schwebte.

Pauling war ein wenig hin- und hergerissen. Einerseits hoffte sie, dass diese Frau keinen Ärger hatte. Andererseits würde das bedeuten, dass sie den größten Teil von zwei Tagen damit verschwendete, durchs Land zu fliegen.

Schließlich erreichte das Flugzeug sein Ziel, und nach einer sanften Landung durchquerte Pauling das Terminal, ging auf schnellstem Weg zum Mietwagen-Transfer.

Es war an der Zeit, Cassady Simmons kennenzulernen.

16

»Wen haben wir vor Ort?«, fragte Rollins in die Runde. Sie saßen noch immer an dem langen schwarzen Tisch. Sie waren schon seit Stunden an der Sache dran und Erschöpfung hatte sich breitgemacht. Gereiztheit. Antworten waren knapper geworden. Ungeduldig.

»Der Special Agent in Charge ist Roy Ostertag«, sagte Petrie, der kleine Mann mit der gebogenen Nase. »Er ist ein guter Mann. Aber offensichtlich hat man uns ursprünglich wegen der möglichen Probleme verständigt.«

»Ostertags Qualifikationen?«, fragte Rollins.

»Er ist gut«, fuhr Petrie fort. Seine Stimme war enthusiastischer geworden, spiegelte seine Zufriedenheit wider, eine Antwort anbieten zu können. Selbst, wenn es nur um etwas so Banales wie die Qualifikationen der Menschen unter ihm ging. »Ostertag verbrachte viel

Zeit in Chicago, hat Gangs bearbeitet. Außerdem hat er solide Spionageerfahrung.«

»Gut, die braucht er vielleicht«, sagte Rollins.

Er löste seine Aufmerksamkeit von Petrie und sah sich im Zimmer um.

Sein Blick verweilte kurz auf der Frau, die die Bemerkung über das Rücklicht gemacht hatte. Dann wanderte er weiter und landete wieder auf Petrie. Die anderen am Tisch rührten sich auf ihren Stühlen, warteten darauf, was als Nächstes kam.

Gerade als Petrie einen Vorschlag machen wollte, sprach Rollins und schnitt ihm das Wort ab.

»Agent Hess«, sagte Rollins. Die Frau hinten am Tisch hob den Blick.

»Sir«, antwortete sie.

»Fahren Sie hin. Bewerten Sie die Situation. Erstatten Sie uns innerhalb von vierundzwanzig Stunden Bericht.«

Ohne eine Antwort abzuwarten, wandte er sich an Petrie.

»Sie müssen bis morgen Mittag eine vollständige Risikobewertung auf meinem Schreibtisch haben. Ich will, dass jede Möglichkeit überprüft wird, mit spezifischen Gegenmaßnahmen und Schadenserwartungen. Die Sache hat das Potenzial, schnell außer Kontrolle zu geraten. Das dürfen wir nicht zulassen.«

Er verließ den Raum.

Petrie sah Hess an. »Wir warnen Ostertag vor. Sobald Sie dort sind und einen ersten Download vorgenommen haben, rufen Sie mich an. Sagen Sie mir, was die haben, was die tun können und was nicht, und was Sie brauchen.«

Hess klappte ihren Laptop zu und stand auf.

»Wird gemacht«, sagte sie.

17

Paulings Mietwagen war ein weißer Impala. Ein großer, geräumiger Viertürer. Manche Gewohnheiten lassen sich schwer ablegen. Sie hatte so viele Stunden als Fahrgast und Fahrer von Lincoln Town Cars verbracht, dass sie sich einfach an die Größe gewöhnt hatte.

Jetzt ließ sie ihn über den Freeway auf Albuquerque zurollen. Cassady Simmons hatte ihr erzählt, dass sie für eine Firma namens *Industrial Supply & Wholesale* arbeitete. Laut Google befand sie sich im Südteil der Stadt, auf der anderen Seite des Rio Grande.

Pauling staunte immer über Städte dieser Größe. Etwa eine Million Menschen, wenn man die Vororte mitzählte.

Städte dieser Größe waren immer nett. Sehr übersichtlich. Als Vielreisende mochte sie die kleineren Flughäfen, die meist sauberer waren und in denen man schneller abgefertigt wurde.

Albuquerque erfreute sich außerdem einer malerischen Kulisse. Die Berge im Hintergrund, die Schatten bis zu den Ufern des großen Flusses warfen. Man konnte leicht nachvollziehen, warum jemand hier angehalten und zu bleiben beschlossen hatte.

Pauling gab zu, dass sie die Atmosphäre kleinerer Städte mochte, aber sie machte sich nichts vor. Sie war ein großer Fan von New York. Das war ihr Zuhause.

Die Verlockung, an einen kleineren, günstigeren und zugänglicheren Ort zu gehen, war nachvollziehbar. Pauling kannte keine nennenswerte Heimatstadt. Ihr Vater war beim Militär gewesen und sie waren viel herumgereist. Vielleicht war es das Militärleben gewesen, das ihr einen Schubs in Richtung FBI, einer militärähnlichen Einrichtung, gegeben hatte. Und vielleicht erklärte es auch, warum sie sich so stark von Jack Reacher angezogen fühlte.

Pauling brauchte weniger als zwanzig Minuten, um das Büro von Industrial Supply & Wholesale zu erreichen. Es war ein Ziegelsteingebäude, cremefarben, das aussah, als sei es mindestens fünfzig Jahre alt. Wahrscheinlich ein Lagerhaus mit einem Abschnitt, der zu Büros umfunktioniert worden war.

Die allgemeine Gegend war ein Lagerhausbezirk, der am Beginn einiger Gentrifizierungsversuche zu stehen schien. Zwischen den Lagerhallen eingeklemmt befanden sich umgebaute Fabrikgebäude, die jetzt Eigentumswohnungen beherbergten. An einer Ecke entdeckte sie ein Brewpub und einen Laden für Biokaffee. Möglicherweise war die Gentrifizierung weiter fortgeschritten, als sie zuerst angenommen hatte.

Pauling fand einen Häuserblock vom Büro entfernt einen Parkplatz und manövrierte den Impala vorsichtig in die Lücke. Sie ließ das Auto laufen und die Klimaanlage an. Es war heiß. Die Zeit war gekommen, sich auf das Treffen mit Cassady Simmons vorzubereiten.

Pauling stieg aus, ging zum Kofferraum und öffnete ihren einzigen Koffer. Sie hatte alle nötigen Genehmigungen vorgelegt, um ihre Handfeuerwaffe einzuchecken. Jetzt holte sie den Behälter und nahm ihn mit auf den Vordersitz, öffnete ihn und holte ihre Waffe heraus. Sie legte ein Magazin ein, lud eine Kugel in den Lauf, sicherte sie und schob sie dann in ein Holster an ihrer linken Hüfte.

Als Nächstes holte sie ein kleines Notizbuch und einen Stift aus ihrer Aktentasche und sah auf ihr Handy. Sie hatte Cassady als Kontakt hinzugefügt und schickte ihr eine Nachricht. Sie hatten vereinbart, sich in Cassadys

Mittagspause zu treffen. Anscheinend gab es in der Nähe einen Park mit einem Picknicktisch, wo sie reden konnten.

Paulings Handy summte und sie las die Antwort.

Ich komme jetzt.

Sie verließ das Auto, schloss es ab und machte sich auf den Weg zum Eingang des Großhandels. Sie war in der Nähe der Eingangstür, als diese sich öffnete und eine jugendliche Frau mit hellbraunen Haaren, blauen Augen und einer Maske von enormem Stress herauskam.

Pauling wusste sofort, dass das Cassady war.

Die Frau drehte sich um und ihr Blick streifte Pauling flüchtig, während sie den Gehsteig entlang eilte, die Schultern nach vorn gezogen, als erwartete sie, dass sich jeden Moment eine Wolke auftat und einen sintflutartigen Regenguss abgab.

Doch der Himmel war blau.

Kein Wölkchen zu sehen.

Pauling drehte sich ebenfalls um und ging auf der gegenüberliegenden Straßenseite, bis Cassady in eine Nebenstraße einbog und schließlich den kleinen Park erreichte, den sie erwähnt hatte. Einige Bäume trennten den Park von der geschäftigen nahen Straße. Ein kleiner Spielplatz. Ein Gehweg. Eine Eichhörnchenfamilie, die um einen Baumstamm herum hüpfte.

Das Bedürfnis nach Zuflucht schien Pauling ein wenig übertrieben, aber die Angst und Sorge auf dem Gesicht der Frau waren sehr real.

Pauling sah zu, wie Cassady Simmons einen Picknicktisch am anderen Ende des Parks auswählte, wo sie im Sitzen den Eingang überblicken konnte. Ein kleiner blauer Essensbeutel befand sich in der Hand der Frau und sie stellte ihn auf den Picknicktisch.

Guter Platz für eine Waffe, dachte Pauling, als sie sich vorsichtig näherte.

Sie schlüpfte Cassady gegenüber auf die Sitzbank.

»Cassady«, sagte Pauling. Mehr Feststellung als Frage.

Die Frau schloss die Augen. Nickte.

»Erzählen Sie mir, was los ist«, sagte Pauling.

Cassady öffnete ihre babyblauen Augen und zum ersten Mal zerstreute sich die Angst für einen kurzen Moment.

»Es überrascht mich, dass ich lange genug am Leben geblieben bin, um Sie zu treffen«, sagte sie.

18

»Warum fangen wir nicht ganz am Anfang an, jetzt, wo wir uns persönlich sehen?«, fragte Pauling.

Sie hatte Notizbuch, Stift und Handy vor sich liegen.

Cassady sah sich um, als würde vielleicht jemand mit einem Hyperbolmikrofon in der Nähe stehen.

»Hier ist niemand«, versicherte Pauling. »Nur Sie und ich.«

Cassady ließ den Kopf sinken, als ob sie gleich tatsächlich vorwärts umfallen würde. Ein langer, zitternder Atem, dann sagte sie: »Es geht um meinen Mann.«

»Rick.«

»Woher wissen Sie das?«

»Öffentliche Daten«, sagte Pauling. »Ich hab ein paar Hausaufgaben gemacht.«

»Okay, schätze ich«, sagte Cassady.

»Er sagte, er glaubt, dass ihn jemand verfolgt. Er wurde immer paranoider, und dann, eines Tages, kam er einfach nicht mehr zurück.«

»Zurück von wo?«

»Von der Arbeit.«

»Sind Sie zur Polizei gegangen?«

»Nein.«

»Warum nicht?«

»Weil Rick mir gesagt hat, ich soll es nicht tun.«

Pauling runzelte die Stirn. »Er hat Ihnen gesagt, dass sie es nicht tun sollen? Wann? Bevor er verschwand?«

Cassady nickte. »Er sagte, wenn er mich einmal eine Zeit lang nicht kontaktieren würde, dann sollte ich mir keine Sorgen machen. Und er sagte, die Polizei würde nicht helfen können.«

»Was macht er?«

»Er ist LKW-Fahrer.«

Pauling begann zu schreiben.

»Für wen?«

»Die Firma heißt *Rio Grande Trucking.*«

»Hat er gesagt, wer ihn seiner Meinung nach verfolgte?«

»Nein.«

»Fällt Ihnen jemand ein, der ihn verletzen wollte? Hatte er Feinde?«

»Nein. Er ist ein lässiger Typ«, sagte Cassady. »Er hasst Ärger. Es ist schwer, ihn wütend zu machen, selbst wenn wir miteinander streiten.«

Pauling war versucht zu fragen, wie oft sie sich stritten, aber sie entschied, diese Frage fürs Erste hintenan zu stellen.

»Wie steht es um ihre Finanzen? Geldsorgen?« Pauling wusste, dass in den meisten Fällen Geld die Wurzel eines Verbrechens war. Oder der Mangel an Geld, genauer gesagt.

»Alles gut«, sagte Cassady. »Wir sind ziemlich genügsam.«

»Was ist mit Drogen und Alkohol? Irgendwelche Probleme damit?«

»Rick trinkt am Wochenende gern Bier, aber das war's auch schon. Ich mag Weißwein. Vielleicht einen Mojito, wenn ich ein bisschen ausgefallener drauf bin«, sagte sie. Diesmal lachte sie ein wenig und Pauling verspürte eine Woge des Mitgefühls.

Trotzdem musste sie die nächste Frage stellen. »Ich muss das einfach fragen: Ich bin sicher, die Antwort lautet Nein, aber gab es Untreue auf irgendeiner Seite? Mir persönlich ist es so oder so egal; ich muss nur wissen, ob ich in der Richtung für Sie ermittle.«

»Ich kann Sie nicht bezahlen«, sagte Cassady schnell.

»Ich verstehe«, antwortete Pauling.

»Und nein, keine Untreue. Das hieße ja …«

Sie unterbrach sich, aber Pauling erfasste sofort intuitiv, was sie hatte sagen wollen. Vielleicht lag es an der Art, wie Cassady sich gefangen hatte, oder an der Anspielung.

»Oh«, sagte sie.

Cassady sah sie an. »Oh was?«

»Sie sind schwanger, nicht wahr?«, fragte Pauling.

Cassady brach in Tränen aus.

19

In der Wüste gibt es keine Verschwendung. Jeder Tropfen Wasser. Jedes Gramm an Protein. Jede Möglichkeit, sich Nahrung zu verschaffen, wird genutzt.

Als die Kojotin also etwas in der Luft erschnupperte, reagierten ihre Instinkte sofort. Sie hatte Hunger und der Geruch war vertraut. Blut.

Wo es nach Blut roch, gab es normalerweise auch Fleisch.

Die Kojotin brauchte fast zehn Minuten, um den Ursprung des Geruchs zu ermitteln, und dort fand sie den ersten Blutstropfen. Ein Tropfen führte zum nächsten.

Und zum nächsten.

Schon bald gab es mehrere Duftmarkierungen, die der Kojotin verrieten, dass sehr wahrscheinlich eine Mahlzeit in der Nähe war.

Es war eine Spur für die Kojotin.

Diese führte sie zu einer Stelle, an welcher der Sand deutlich aufgewühlt war.

Unruhe erfasste die Kojotin. Es war der Geruch von etwas Fremdem. Etwas, vor dem man sich fürchten musste.

Es war der gleiche Geruch, den sie an Orten entdeckt hatte, an denen schlimme Dinge geschahen.

Aber mit dem Gespür für Gefahr war ein köstlicher Duft vermischt.

Essen.

Leben.

Die Kojotin hob den Kopf und spähte in die Dunkelheit, die sie umgab.

Sie sah keine Bedrohung. Sie wich von der Entdeckung zurück, beschrieb einen Bogen und kam dann wieder.

Nichts hatte sie bedroht.

Nichts war aus der Dunkelheit gestürzt, um sie anzugreifen.

Im Augenblick fühlte sie sich sicher genug, um nicht weiter zu erkunden.

Sie legte eine Vorderpfote auf den Rand des aufgewühlten Sandes.

Und dann begann sie zu graben.

20

Glücklicherweise, vielleicht weil sie in letzter Zeit so oft weinte, hatte Cassady ein Taschentuch in ihrer Handtasche. Sie benutzte es, um die Tränen zu erwischen, bevor die ihr Make-up komplett ruinierten.

»Ich muss wirklich zurück ins Büro«, sagte sie.

Pauling sah auf die Uhr und traf eine Entscheidung.

»Vertrauen Sie mir mittlerweile?«, fragte sie. »Genug, um länger zu reden?«

Noch immer die Augen wischend, nickte Cassady.

»Okay, da Sie zur Arbeit zurückgehen müssen und nicht aussehen wollen, als hätten Sie das schlimmste Mittagessen Ihres Leben gehabt, warum setzen wir diese Unterhaltung nicht bei Ihnen daheim fort?«, fragte Pauling. »Ich möchte das Haus sehen und vielleicht können wir weiterreden und Aufschluss darüber bekommen, was passiert sein könnte.«

»Okay«, sagte Cassady. Sie gab Pauling ihre Adresse und Pauling sparte es sich, ihr zu sagen, dass sie die schon hatte. Das würde die junge Frau nur noch mehr aus der Bahn werfen.

Sie gingen gemeinsam zurück und trennten sich vor der Tür, aus der Cassady vorhin erschienen war.

»Eines verstehe ich aber immer noch nicht«, sagte Cassady. »Wenn Sie nichts mit dem zu tun haben, was Rick zugestoßen ist, wie sind Sie dann in die Sache reingeraten? Ich meine, ich habe Sie nicht kontaktiert. Wer war es also?«

»Das ist Teil des Grundes, warum ich hier bin«, sagte Pauling. »Die Antwort darauf kenne ich auch nicht. Aber so, wie ich das sehe, bekommen Sie Ihre Antwort wahrscheinlich, sobald ich meine habe.«

Cassady nickte und Pauling legte ihr eine Hand auf die Schulter.

»Wir finden das alles zusammen raus, okay?«

Cassady schenkte ihr ein halbherziges Lächeln und ging durch die Tür zurück ins Gebäude.

Paulings aufmunternde Worte hatten sogar in ihren eigenen Ohren hohl geklungen. In Wirklichkeit hatte sie keine Ahnung, wie sie dem Verschwinden von Rick Simmons auf den Grund gehen wollte. Schon jetzt hatte sie Zweifel an Cassadys Fähigkeit zu helfen, und vermutete, dass das Treffen mit ihr am Abend wenig fruchtbar verlaufen würde.

Trotzdem musste sie positiv bleiben.

Und vor allen Dingen wollte Sie herausfinden, was Jack Reacher damit zu tun hatte.

Pauling kehrte zu ihrem Impala zurück, legte den Gang ein und fuhr davon.

Sie würde in ein Hotel einchecken, ihren Laptop anschließen, noch ein bisschen Recherche betreiben und dann aufbrechen, um sich mit Cassady zu treffen.

Etwas an der jungen Frau und der Situation stimmte einfach nicht. Pauling kam es so vor, als übersähe sie etwas, etwas Offensichtliches, aber sie konnte keine Offenbarung erzwingen. Es war wie eine Erinnerung, die man einfach nicht zuordnen konnte.

Pauling machte sich auf den Weg in die Innenstadt von Albuquerque.

Ihr war danach, in einem hübschen Hotel mit einem Fitnessstudio abzusteigen.

Vielleicht bliebe ihr gerade genug Zeit, um ein paar Verspannungen vom Flug zu lockern.

21

Das Flugzeug wurde von einem Sechzigjährigen geflogen, der die Werbebranche verlassen hatte, um seiner Leidenschaft fürs Fliegen nachzugehen. Oftmals, während langer Meetings in der Agentur, hatte er mit offenen Augen davon geträumt, in seinem kleinen Flugzeug zu sitzen, zum Himmel abzuheben, über alles und allem zu fliegen. Eine ruhige und friedliche Welt, in der er die Kontrolle hatte.

Sein Büro hatte alle möglichen Luftfahrtsachen zur Schau gestellt. Eine Flugzeuguhr. Ein Büroklammerspender in der Form eines Flugzeugrumpfs. Ein Beistelltisch mit einem Fahrwerk als Beine.

Schließlich hatte er genug Geld gespart, um sich einen kleinen Hangar zu mieten und seinen ganzen Stolz, eine Piper Cherokee aus den Siebzigerjahren, in ausgezeichneter Flugtauglichkeit zu halten. Er hatte vor, so lange wie irgend möglich zu fliegen. Er war erst sechzig Jahre alt und sein kluges Investment hatte sich mit einem Pensionsfonds bezahlt gemacht, der mehr als genug abwarf, um zu verhindern, dass ihm ein sonst ziemlich teures Hobby das letzte Geld aus den Taschen zog.

Den Großteil des heutigen Nachmittags hatte er damit verbracht, kreuz und quer über die Wüste und die Berge zu fliegen. Er hatte eine große Schleife gezogen und das fast perfekte Wetter genossen.

Nirgends fühlte er sich so im Reinen wie in der Luft.

Es schien all die Probleme der Welt zu relativieren. Ließ sie irgendwie kleiner erscheinen.

Jetzt war er auf dem Rückweg zur Landepiste direkt vor Albuquerque. Er würde landen, das Flugzeug verstauen, vielleicht ein oder zwei Stunden in seinem kleinen Hangar sitzen, um einen Whisky zu genießen und den Flug in Gedanken noch einmal durchzuspielen.

Doch sein Tagtraum wurde unterbrochen, als er in der Wüste unter sich etwas entdeckte.

Mit lässiger Ruhe drehte er das Flugzeug, um besser sehen zu können, sank während des Wendemanövers tiefer.

Der Boden zog verschwommen an ihm vorbei, aber vor sich sah er einen Umriss auf der Erde.

Während sein Flugzeug vorwärts schoss, kam das Bild näher und näher, bis er bestätigen konnte, was er zu sehen geglaubt hatte.

Eine Leiche.

Da lag die deutliche Form eines Oberkörpers, zusammen mit ein paar Gliedmaßen.

Ein Kojotenrudel zerstreute sich, als er über ihnen vorbeiflog.

Er hegte keinen Zweifel, als er sich darauf vorbereitete, zu melden, was er gesehen hatte.

Es war eine Leiche gewesen.

Oder zumindest das, was davon übrig war.

22

Pauling wählte ein gehobenes Hotel, das zu einer Gruppe von Luxusobjekten gehörte, hauptsächlich, weil sie wusste, dass es einige der Annehmlichkeiten bieten würde, die ihr am wichtigsten waren.

Kaffee vom Zimmerservice, vierundzwanzig Stunden am Tag. Ein Fitnessraum. Und verlässlichen Internetzugang.

Sie checkte ein, hielt sich nicht mit Auspacken auf, schloss ihren Laptop an und zog Sportkleider über. Sie machte sich auf den Weg zum Fitnesscenter, war angenehm von seiner umfangreichen Sammlung an Maschinen und Hanteln überrascht und investierte fünfundvierzig Minuten intensiver Anstrengung.

Danach duschte sie, zog sich an und sah auf die Uhr.

Sie hatte noch eine Stunde totzuschlagen, bis sie sich mit Cassady treffen musste. Pauling entschied, die

Zeit zu nutzen, um sich durch die stets ansammelnden E-Mails zu wühlen.

Es gab Statusupdates von Subunternehmen zu anderen aktiven Fällen. Erstanfragen wegen neuer Investigationen. Bestellungsanfragen. Und dann war da wieder einmal eine E-Mail von einem großen Konkurrenten, der Paulings Firma zusammen mit ihren Diensten aufkaufen wollte.

Hauptsächlich waren die hinter ihr her, weil man immer wieder Kunden an sie verlor.

Kannst du sie nicht schlagen, kaufe sie. Das war ihre Strategie. Das hatte für viele Holdings funktioniert, wie Pauling wusste.

Man wollte sie auch aufgrund ihrer Erfahrung. Scheinbar fiel es ihnen schwer, mitzuhalten, wenn sie sich neuen Klienten verkauften.

Pauling lehnte das Angebot höflich ab.

Das Geld war allerdings auf jeden Fall beeindruckend. Sie könnte ihre Privatdetektei veräußern, eine Villa in Südfrankreich kaufen … und was dann? Den ganzen Tag am Strand sitzen? Sich einen Urlauber nach dem anderen als Lover schnappen? Ein Alkoholproblem entwickeln?

Tatsache war, ihr Job war ihr wichtig. Sie hatte Familie, klar. Eine Schwester in Portland mit drei Kindern.

Es war schön, sie zu besuchen. Pauling freute sich sogar darauf, alle zu sehen.

Sie standen sich so nahe, wie es zwei Schwestern möglich war, die verschiedene Lebenspfade eingeschlagen hatten.

Pauling könnte noch Kinder haben, per Adoption. Vielleicht würde sie das eines Tages tun. Auf jeden Fall besaß sie die finanziellen Mittel, um einem Kind alles zu bieten, was es brauchte.

Aber ihre Arbeit verlangte das Reisen.

Und die Fähigkeit, alles von jetzt auf gleich stehen und liegen zu lassen und einfach fortzugehen. Soweit sie wusste, war das keine gute Lebensführung für eine alleinerziehende Mutter.

Diese Spontaneität war für das Leben eines Privatermittlers essenziell.

Genau wie bei diesem Fall. Der Reacher-Akte.

So nannte sie es. Sie betrachtete es nicht als den Cassady-Simmons-Fall.

Es war die Reacher-Akte.

Pauling hatte den mysteriösen Brief mit der Telefonnummer genommen, ihn in einen Ordner geheftet und unter dem Namen *Reacher* abgelegt.

Vielleicht hatte sie es getan, weil sie beim Gedanken an Reacher wehmütig wurde.

Oder vielleicht ergab es einfach Sinn.

Als Pauling die Uhr auf ihrem Laptop überprüfte, erkannte sie, dass es Zeit war, zu gehen.

Sie klappte den Laptop zu. Legte ihr Holster an und schob die Waffe an ihren Platz. Sie überprüfte noch mal, ob sie Schlüssel und Handy hatte, und verließ dann das Zimmer. Sie hängte das Nicht-Stören-Schild an die Türklinke.

Pauling holte den Impala, fuhr aus der Hotelgarage und steuerte das große Fahrzeug in Richtung von Cassady Simmons' Haus.

Sie würde in fünfzehn Minuten dort ankommen.

23

Petrie wurde in Rollins' Büro zitiert. Es war ein Eckbüro, mit Fenstern auf beiden Seiten. Die Aussicht zeigte nichts Besonderes, nur die Seite eines weiteren Gebäudes, aber wenigstens kam natürliches Licht herein.

Was fehl am Platz wirkte, im Kontrast zum Inhalt des Gesprächs.

»Wie gut ist Hess?«, fragte Rollins.

»Sie ist gut. Schlau. Ivy League. Scheut sich nicht, zu tun, was getan werden muss.«

Rollins saß auf seinem Stuhl. Sein Handy lag auf dem Schreibtisch vor ihm. Petrie blieb stehen.

»Haben Sie die geltenden Sicherheitsbestimmungen durchgelesen, die genau so etwas verhindern sollten?«

»Hab ich.«

»Und?«

Petrie seufzte. »Fast alle Präventivmaßnahmen in dieser Situation dienen dem Minimieren von menschlichen Fehlern.«

»Das war kein Fehler.«

»Das Nebenprodukt dieses Vorgehens ist, dass es auch Zeitfenster für Menschen mit schlechten Absichten eliminiert. Je mehr Prozesse automatisiert und reguliert sind, desto mehr fehlerhaft handelnde Menschen werden aus der Gleichung entfernt.«

»Eine gute Theorie.«

»Der eine Nachteil, den fast jeder Ablauf dieser Art mit sich bringt, ist, dass das Element Mensch nie gänzlich entfernt werden kann«, sagte Petrie. »Sonst hätten wir es mit künstlicher Intelligenz zu tun, die ihre eigenen Worst-Case-Szenarios mit sich bringt.«

»Stimmt«, bestätigte Rollins.

»Es genügt zu sagen, dass dies eine Kombination aus menschlicher Handlung und technologischer Intelligenz war.«

»Muss so gewesen sein«, stimmte Rollins zu.

»Sofern man also die Menschen nicht komplett aus der Gleichung nehmen will, wird man immer mit dem Teufel tanzen.«

Rollins sah Petrie fragend an.

»Mit dem Teufel tanzen?«

»Es geht allein um Wahrscheinlichkeiten. Man limitiert die Anzahl der Menschen mit Zugang zu gewissen Dingen, aber man muss trotzdem jemanden dort haben. Und egal wie sehr man die Wahrscheinlichkeit verringert, mathematisch betrachtet, es besteht immer die Möglichkeit, dass der Würfel auf die falsche Seite fällt.«

»Und jetzt fügen wir noch jemanden hinzu«, sagte Rollins. »Ich hoffe, Hess wird damit fertig.«

»Sie ist nicht allein, Sir«, betonte Petrie. »Ich beobachte das Ganze von Anfang bis Ende. Und wie gesagt, Ostertag ist fähig. Er und sein Team können alles bewerkstelligen, was Hess von ihnen verlangt. Wenn nötig, können wir Hess weitere Unterstützung schicken, sobald sie eine Ersteinschätzung gemacht hat.«

Rollins nahm sein Handy vom Tisch und sah auf das Display.

»In Ordnung. Kümmern wir uns um die Sache. Keine Überraschungen mehr.«

Petrie wollte antworten, aber Rollins hielt sich bereits das Telefon ans Ohr.

Er verließ das Büro.

24

Pauling bog in die Straße ein, in der Cassady Simmons wohnte, und begann nach der richtigen Hausnummer zu suchen.

Es war ein bescheidenes Viertel, voller einstöckiger Wohnhäuser, viele davon mit spanischen Ziegeldächern und weißem Gipsputz. Manche hatten Garagen, die meisten nicht. Autos parkten in den Einfahrten und die Landschaft zeichnete sich hauptsächlich durch Steine und magere Büsche mit vereinzelten Kaktuspflanzen aus. Die Gehwege waren mit dunkelroten Steinen gepflastert, meistens von weißen Kanten begrenzt.

Vor sich sah sie eine große Limousine am Bordstein stehen. Etwas daran ließ Pauling stutzen.

Es sah wie ein Polizeiwagen aus.

Oder ein Auto vom Bureau.

Und der Wagen schien vor dem Haus mit Cassadys Adresse geparkt zu sein.

Pauling stellte sich hinter den Wagen, nahm das Nummernschild zur Kenntnis und stieg aus dem Impala. Sie ging zur Haustür. Vor dem Klingeln lauschte sie. Kein Geräusch war zu hören. Pauling drehte sich um und schaute zum Wagen zurück.

Okay, Zeit für eine Entscheidung.

Erstens konnte es sein, dass die Besitzer des geheimnisvollen Wagens nicht hier in Cassadys Haus waren. Vielleicht besuchten sie das Haus auf der anderen Straßenseite. Zweitens war vielleicht Cassady selbst noch nicht mal daheim. Drittens, falls Cassady zuhause und jemand mit ihr da drin war, würde es dann Sinn machen, zu klingeln?

Pauling wägte die Optionen ab.

Plötzlich kam ihr der Gedanke, dass sie Cassadys Angst vielleicht ein wenig unterschätzt hatte. Hatte die junge Frau endlich die Polizei gerufen? Hatte sie den Rat ihres Mannes, sie nicht einzuschalten, ignoriert? Hatte man zwei Detectives geschickt?

In solchen Momenten vertraute Pauling auf ihre Instinkte. Und jetzt gerade rieten diese ihr, erst mal die Tür zu überprüfen und nachzusehen, ob sie unverschlossen war. Sie streckte die Hand aus und drehte den Türknauf.

Das Schloss öffnete sich mit einem Klicken.

Unverschlossen.

Jetzt wusste sie es.

Auf keinen Fall hätte Cassady Simmons in ihrer derzeitigen Gemütslage die Haustür unverschlossen gelassen.

Pauling drückte die Tür sachte auf und betrat das Haus.

Ein Mann mit enttäuschter Miene und einer Waffe starrte sie an.

25

Michael Tallons Verhalten wurde nicht vom Geld beeinflusst. Das Meiste von dem, was er beruflich in seinem Leben getan hatte, war daher gekommen, dass er an etwas glaubte. Sein Vater war so etwas wie ein Genie mit Zahlen gewesen und hatte einen Platz in der Buchhaltungsbranche gefunden. Sein Sohn hatte einen Teil der Fähigkeiten mit ihm geteilt, aber nicht das Verlangen danach.

In jungen Jahren war er vom Glauben an sein Land in den Bann gezogen worden. Dazu war er ganz natürlich gekommen und als junger Mann war es in ihm aufgeblüht.

Deswegen hatte er sich dazu entschieden, dem Militär beizutreten.

Trotzdem, Geld blieb Geld.

Man musste es respektieren.

Oder man würde dafür bezahlen.

Tallon behielt sein bescheidenes Investment-Portfolio ständig genau im Blick und konzentrierte sich insbesondere aufs Überwachen seiner liquiden Investitionen. Das hatte ihm sein Vater beigebracht.

Bisher hatte er es in seinem Job weit gebracht und dank verschiedener Leistungen hatte er ein stetes Einkommen erzielt, sowohl von seiner Arbeit fürs Militär als auch für die Regierung. Er hatte schlau investiert und seine Rendite war stabil. Manche mochten sogar behaupten, er sei jetzt ziemlich wohlhabend.

Aber Tallon lebte für mehr als das.

Darum loggte er sich aus seinen Bank- und Investmentkonten aus, ging zur Küche und nahm sich ein Bier.

Seine Casita verfügte über eine offene Küche mit geraden Linien und einer hochwertigen Ausstattung. Tallon hatte einen professionellen Designer dafür bezahlt, sein Haus einzurichten, mit gewissen Anpassungen, die in seinem Berufsfeld nötig waren.

Eine Glasschiebetür öffnete sich zu einer rückwärtigen Terrasse mit einer Feuerstelle aus Stein in der Mitte. Tallon liebte es, hier draußen zu sitzen, wenn der Abend kühler wurde, bei einem kleinen Feuer, ein Bier in der Hand, den Blick auf die fernen Berge gerichtet.

Er setzte sich auf einen Stuhl, legte seine Füße auf den Rand der Feuerstelle und überlegte, ein Feuer anzufachen. Er benutzte Wacholderholz und der Geruch wirkte seltsam beruhigend auf ihn.

Er trank sein Bier und dachte über seinen Lauf in der Wüste nach.

Daran, dass ihn etwas beunruhigt hatte.

Es war noch da, in seinem Hinterkopf.

Das Gefühl, das etwas passieren würde.

Wenn es soweit war, wusste er, dass er bereit sein würde.

Und wie immer hoffte er, er bekäme die Möglichkeit, etwas Gutes zu tun. Vielleicht sogar ein Unrecht gutzumachen.

26

Der Mann zögerte nicht. Und Pauling auch nicht.

Als er seine Waffe zum Schuss hob, sprang sie nach links, in eine Öffnung, die vom Flur abging und sich als Wohnzimmer entpuppte.

Hinter ihr explodierte etwas, und Pauling wusste, dass die Haustür die Kugeln gefangen hatte, die für sie gedacht waren.

Pauling stand mit der Waffe in der Hand auf, während das Geräusch der Schüsse noch im Flur nachhallte.

Das Auto draußen gehörte also nicht den Cops, so viel wusste sie jetzt. Und sie spürte, wie der Zorn plötzlich in ihr hochstieg, nicht nur auf den Schützen im Flur, sondern auf sich selbst. Cassady hatte recht gehabt, um ihr Leben zu fürchten. Pauling fühlte sich furchtbar, weil sie die Frau einfach wieder zur Arbeit geschickt hatte.

Jetzt huschte Pauling nahe an den Rand der Wand und spähte rasch um die Ecke in den Flur.

Der Mann war fort.

Pauling flitzte ins Wohnzimmer zurück und sah zum anderen Ende des Zimmers. Dort waren ein Durchgang zur Küche und eine Öffnung rechts im Raum, die ohne Frage in den Flur zurückführte.

Dort würde der Mann mit der Knarre stehen, falls er vorhatte, ihr wieder aufzulauern. Oder er würde auf diesem Weg auf sie zukommen.

Es war die offensichtliche Wahl.

Vielleicht hoffte er, dass sie weiter in den Flur sähe, was bedeuten würde, dass er freies Schussfeld auf ihren Rücken hätte.

Tja, das würde nicht passieren.

Pauling duckte sich und durchquerte den Wohnbereich bis zur Ecke des Durchgangs. Sie sah rasch hinein.

Es war eine schmale Küche mit einer Öffnung zum Esszimmer auf der anderen Seite. Sie war einfach eingerichtet. Herd. Kühlschrank. Etwas Arbeitsfläche und einige Schränke. Ein kleiner Tisch mit zwei Stühlen.

Keine Spur vom Schützen.

Pauling blieb in Bewegung, durchquerte den Durchgang zur Küche mit vor sich ausgestreckter Waffe.

Die Küche war leer und der Flur auch.

Pauling duckte sich ins Esszimmer. Leer.

Sie konnte durch die Küche ins Wohnzimmer sehen, aber dort war niemand.

Womit der Flur und die Räume dahinter übrig blieben.

Plötzlich hörte Pauling einen dumpfen Schlag von der Rückseite des Hauses und dann knallte eine Tür zu.

Vorsichtig bewegte sie sich weiter, nutzte die Wandkante als Deckung. Sie huschte über den Flur durch eine offene Tür gegenüber der Küche und aus dem Augenwinkel sah sie den Mann mit der Waffe am Ende des Flurs stehen.

Seine Pistole war erhoben und er schoss, doch Pauling hatte sich schon nach vorn geworfen. Putzbrocken von der Wand hinter ihr stoben in alle Richtungen.

Pauling wirbelte herum und war bereit, zu feuern.

Aber der Mann war weg.

Die Tür am Ende des Flurs stand weit offen.

Sie bewegte sich schnell weiter.

Es war ein kleines Haus. Der erste Raum rechts von ihr war ein Badezimmer.

Es war leer.

Pauling lehnte sich gegen den Türrahmen des Badezimmers. Draußen hörte sie ein Auto anspringen, gefolgt vom Geräusch quietschender Reifen und eines heulenden Motors.

Pauling duckte sich wieder in den Flur und folgte ihm zügig zur Tür auf der rechten Seite. Sie spähte hinein.

Es war ein Schlafzimmer mit einem Kleiderschrank, zwei Fenstern und einem Körper am Boden.

Es war Cassady.

Sie rührte sich nicht.

27

Das Auto, auf dem das Logo der State Police von New Mexico prangte, bog vom Highway ab und sein Fahrer schaute in die Ferne.

Sein Name war Paul Veasy und ihm war gemeldet worden, dass ein Flugzeug die Zentrale darüber informiert hatte, eine Leiche draußen in der Wüste gesichtet zu haben.

Nicht gerade was Neues in dieser Gegend. Die Wüste war ein rauer und unnachgiebiger Ort. Obdachlose. Drogensüchtige. Menschen, die an Geisteskrankheiten litten. Wenn die in die Wüste gingen, kamen sie normalerweise nicht zurück.

Jetzt betrachtete Veasy die Sonne am Himmel und ging in Gedanken das Wetter der letzten Tage durch. Es war heiß gewesen, mit sehr wenigen Wolken. Toll für die Golfer, nicht so gut für jemanden, der sich verlaufen hatte und womöglich geschwächt war.

Der Pilot hatte seine Position akribisch bestimmt und Veasy war hingeschickt worden.

Veasy überlegte, ob er sein Fahrzeug in die Wüste fahren sollte, entschied sich aber dagegen. Erstens gab es hier den ein oder anderen Felsen, gut getarnt, sodass er komplett mit der Landschaft verschmolz, auch wenn das Terrain flach wirkte. Eine Menge Trooper hatten es geschafft, Teile des Unterbodens ihres Streifenwagens abzureißen, weil sie das Fahrzeug zu draufgängerisch ins Gelände gesteuert hatten. In Polizeiserien im Fernsehen war die Neigung eines Charakters, Einsatzfahrzeuge zu schrotten, oft ein heiterer Spaß. In der realen Welt nicht so sehr. Man hatte die Verantwortung für sein Auto. Man konnte einen Vermerk in seiner Akte bekommen, wenn man sorglos damit umging.

Zweitens war Veasy auf Diät. Er war den Weight Watchers beigetreten, hatte mittlerweile sieben Kilo verloren und suchte dauernd nach Gründen, um Sport zu treiben. Im Programm entsprach Essen einem Punktesystem, und je mehr Sport er trieb, desto mehr Punkte verdiente er. Je mehr Punkte er verdiente, desto mehr konnte er essen. Und Paul Veasy liebte das Essen. Deswegen war er ja überhaupt zu den Weight Watchers gekommen.

Also stellte Trooper Veasy den Motor aus, schloss den Wagen ab, steckte seine Schlüssel ein, und ging auf ein Gebiet zu, das im Augenblick von zwei Geiern überwacht wurde, die am Himmel kreisten.

Er brauchte etwa fünfzehn Minuten, um die Leiche zu erreichen.

Sie war zerfleischt worden, aber Veasy konnte erkennen, dass es sich um einen Mann handelte; Arbeitsstiefel, Jeans und T-Shirt verrieten ihm, dass der Verstorbene männlich war. Was vom Gesicht und anderen Teilen freiliegender Haut übrig war, war schwarz verkohlt.

Die Ethnie war unmöglich zu schätzen.

Veasy ging vorsichtig um die Leiche herum und schob eine Hand in die Vordertaschen. Sie waren leer.

Sachte hob er den Leichnam an und fand einen Geldbeutel.

Er öffnete ihn und studierte seinen Inhalt.

Da war ein Führerschein aus New Mexico.

Mit Foto und Namen.

Rick Simmons.

28

Pauling ging zu Cassady, drehte sich so, dass sie der Tür zugewandt war und nicht hinterrücks überfallen werden konnte, und kniete sich neben sie. Sie sah das Klebeband um die Handgelenke der Frau und drehte sie schnell um, sodass sie ihr Gesicht sehen konnte. Cassadys weit aufgerissene Augen starrten sie entsetzt an; ein weiterer Streifen Klebeband befand sich über ihrem Mund.

Pauling hielt einen Finger hoch, um anzudeuten, dass sie einen Moment brauchen würde. Dann verließ sie den Raum, überprüfte das Schlafzimmer auf der anderen Seite des Flurs und rannte zum vorderen Teil des Hauses.

Das geheimnisvolle Auto war weg.

Pauling schnappte sich ein kleines Gemüsemesser aus der Küche, ging zu Cassady zurück und schnitt ihre Hände frei.

»Das wird ein bisschen wehtun«, sagte Pauling, dann zog sie das Klebeband von Cassadys Mund.

»Auuuuu«, machte Cassady und brach in Tränen aus.

Pauling half ihr aufzustehen und führte sie in die Küche.

»Wir müssen die Polizei verständigen«, sagte Pauling und griff nach ihrem Handy.

»Nein!«, fuhr Cassady sie an. »Nein. Die haben Rick.«

»Haben sie das gesagt?«

»Nein.«

»Woher wollen Sie das dann wissen?«

»Warum sonst sollten die herkommen und versuchen, mich auch mitzunehmen?«

Pauling war nicht sicher, dass sie das beantworten konnte. Sie hatte den Mann, der auf sie geschossen hatte, nicht gut sehen können. Er war ein Weißer gewesen, in Jeans und einer dunklen Jacke. Schwarze Schuhe.

»Warum erzählen Sie mir nicht, was passiert ist?«

Cassady setzte sich auf einen der Stühle am Küchentisch und Pauling holte ihr ein Glas Wasser, dann nahm sie ihr gegenüber Platz.

»Das ist es ja. Ich weiß nicht, was passiert ist«, sagte Cassady. Sie nahm erst einen kleinen Schluck Wasser und trank den Rest dann hastig.

»Warum fangen Sie nicht damit an, wie Sie von der Arbeit heimgekommen sind?«

Cassady nickte.

Pauling wusste, dass jemand die Schüsse gehört hatte und die Cops sehr wahrscheinlich bald eintreffen würden, trotz Cassadys Wunsch, sie nicht anzurufen.

»Ich kam von der Arbeit nach Hause, zog mich um und bereitete mich auf Ihren Besuch vor, als mich jemand von hinten packte. Ich weiß nicht, wie sie ins Haus gekommen sind.«

Pauling wusste es. Wenn sie Rick Simmons in ihrer Gewalt hatten, dann hatten sie ohne Frage auch die Schlüssel zu seinem Haus. Kein Grund, einzubrechen. Einfach den Schlüssel benutzen und sich selbst reinlassen.

Simpel.

»Sie brachten mich in mein Zimmer und ich dachte, sie würden mich vergewaltigen.«

»Sie sagten *die*. Warum glauben Sie, dass es mehr als eine Person war?«

»Als ich zu mir kam, hörte ich sie reden.«

»Was haben sie gesagt?«

»Ich weiß es nicht. Ich glaube, ich habe sie Ricks Namen sagen hören, aber ich bin nicht sicher.«

Pauling hörte eine Sirene in der Ferne.

»Cassady, Sie müssen nachdenken. Warum sollte jemand hinter Ihnen und Rick her sein? Sie haben vollkommen recht. Wenn die Rick schon haben, warum wollen die Sie?«

Die junge Frau brach in Tränen aus.

»Ich habe keine Ahnung«, sagte sie.

29

Der kahlköpfige Mann mit den hervorstehenden Adern war nicht erfreut. Er zeigte es seinen Untergebenen allerdings nicht. Anzeichen negativer Emotionen waren nicht hilfreich. Sie waren ihre eigene Form der Schwäche.

Er starrte sie einfach weiter an.

»Es ging nur ums Schnappen und Abhauen«, sagte der kleinere der beiden Männer. Er war dünn und drahtig. Ein relativ neuer Angestellter. Er war auch der Nervösere der beiden. Der andere, ein großer Mann, hütete sich, zu sprechen. Er arbeitete schon seit einiger Zeit für den kahlköpfigen Mann.

»Woher hätten wir wissen sollen, dass so eine Tussi auftauchen würde? Und sie war sogar ein Cop oder so.«

»Sie haben es also nicht geschafft, Cassady Simmons herzubringen«, sagte der kahlköpfige Mann.

»Stimmt schon. Aber es war nicht unsere Schuld.« Der kleinere Mann sah seinen Kollegen auf der Suche nach Unterstützung an, vielleicht auch nach einer Rechtfertigung, aber er wurde von Schweigen begrüßt.

Das waren Ausreden, und alle im Zimmer wussten es.

Der kahlköpfige Mann betrachtete die Menschen vor sich nachdenklich. Das war einer der wesentlichen Fehler der Evolution. Sie erschuf keine Perfektion. Dauernd starben Menschen, hauptsächlich wegen Lücken im Evolutionsprozess, einem Mangel an Wissen, einem vorübergehenden Aussetzen des Bewusstseins. Man musste die Fehlbarkeit des eigenen Körpers und Geistes erkennen. Zu wenige taten das.

Vor hunderten Jahren bedeutete eine Gefahr in der Umgebung nicht erkennen zu können den sicheren Tod. Genetisches Material, das eine Rolle in diesem Scheitern spielte, wurde mit eliminiert. Es dufte nicht weitergegeben werden.

Das war das Schöne an der Evolution.

Natürliche Selektion.

Die beiden Männer standen auf die Antwort ihres Vorgesetzten wartend da.

Er dachte noch immer über die Naturgesetze nach.

In der Wildnis konnte ein Mensch in die Nacht hinausgehen, von einem Tiger geschnappt werden, und diese spezielle Charaktereigenschaft würde sich seltener in der Population zeigen.

Der kahlköpfige Mann glaubte nicht an Gott. Er glaubte an die Wissenschaft. An Physik. An die Macht der natürlichen Welt.

Er verstand allerdings, dass er in diesem Augenblick ein Teil des Evolutionsprozesses war. Er könnte entweder der Tiger in der Nacht sein, der die Schwäche in diesen beiden Männern ausmerzte, oder er könnte dem lästigen Charakterzug erlauben, fortzubestehen. Vielleicht würde die Angst, die sie offensichtlich in diesem Moment verspürten, dieser Neigung einen Dämpfer aufsetzen.

Das könnte tatsächlich passieren.

Es schien aber auch so, als sei die beste Herangehensweise, sich in der Mitte zu treffen.

Der kahlköpfige Mann zog eine Waffe aus ihrer Halterung an seinem Rücken, hob sie und schoss. Die Kugel traf den kleinen Mann rechts und blies ihm den Oberkopf weg.

Der Körper sackte zu Boden.

Der große Mann hatte sich nicht gerührt, obwohl ein Blutnebel sein Gesicht bespritzt hatte.

Auch wenn er es sich nicht anmerken ließ, fühlte er sich in seiner Entscheidung, nichts zu sagen, bestätigt.

Sofern sein Boss ihn nicht auch erschießen würde, war es eine Entscheidung über Leben und Tod gewesen.

Statt einer Kugel erhielt er einen Befehl.

»Wirf ihn in den Verbrennungsofen.«

30

»Versuchen wir es zusammen herauszufinden«, sagte Pauling.

Sie hatte Cassady endlich unter Kontrolle bekommen. Die Tränen waren versiegt, aber die junge Frau zitterte noch. Pauling hatte ihr ein Glas Wasser von der Küchentheke eingeschenkt und sie trinken lassen, während sie ein paar Sicherheitsmaßnahmen durchführte.

Pauling ging zu den Türen und Fenstern und vergewisserte sich, dass alle verschlossen waren. Sie verriegelte die Tür.

Während sie durchs Haus ging, studierte sie die Habseligkeiten. Alles war wie erwartet. Schlichte Möbel, wahrscheinlich aus einem der großen Lagermöbelgeschäfte. Nichts besonders Teures.

Nichts Einzigartiges.

Es gab ein paar gerahmte Drucke von Wüstenblumen an den Wänden und andere Bilder zeigten Cassady und Rick. Manche auch ihre Eltern und den erweiterten Familienkreis.

Es sah wie das Zuhause eines relativ jungen Paars aus, das dabei war, eine Familie zu gründen.

Pauling ging zu Cassady zurück.

»Was soll ich tun?«, fragte die junge Frau. Ihre Stimme war ruhiger, aber noch immer ein bisschen zittrig. Sie sah aus wie jemand, dessen Welt auf den Kopf gestellt worden war, mehr als einmal.

Es besteht kein Zweifel daran, wie schrecklich Cassady sich fühlen muss, dachte Pauling. *Ihr Ehemann wird vermisst, sie hat keine Familie in der Nähe, ihr Zuhause ist überfallen worden, man hat sie angegriffen, und der einzige Mensch, der jetzt hier ist, um zu helfen, ist jemand, den sie gerade erst getroffen hat. Jemand, den Cassady nicht mal richtig kennt.*

Pauling entschied, dass es der falsche Weg war, Cassady zu sagen, was sie tun soll. Zum einen wusste sie selbst nicht, wo sie ansetzen sollte. Und anzufangen, Dinge aufzuzählen, die die junge Frau tun sollte, würde sie nur noch mehr überwältigen.

Also entschied sie sich für eine andere Methode, um Cassadys Gedanken von sich selbst abzulenken.

»Ich will Ihnen ein bisschen was über mich verraten«, sagte Pauling. Sie erzählte Cassady eine Zusammenfassung ihrer Vorgeschichte, inklusive ihrer Arbeit fürs FBI an Entführungen und anderen Arten von Fällen. Sie berichtete ihr auch ein wenig über den Annie-Lane-Fall, wobei sie den Teil über Reacher ausließ.

»Aber ich verstehe immer noch nicht, wie Sie mich gefunden haben«, sagte Cassady. »Woher weiß ich, dass Sie nicht zu denen gehören?«

»Also zuerst mal habe ich nicht versucht, Sie zu entführen«, zeigte Pauling auf. »Wenn ich zu denen gehören würde, hätte ich ihnen geholfen, Sie in ihr Auto zu verfrachten oder so was. Und sie haben auf mich geschossen, nicht ich auf sie.«

»Stimmt«, sagte Cassady. »Es sei denn, Sie wollen als ein Freund auftreten, um irgendwas von mir zu bekommen.«

»Wie was zum Beispiel?«, fragte Pauling. Das war nicht neunmalklug gemeint. Tatsächlich bestand die Möglichkeit, dass Rick Simmons entführt worden war, um an etwas heranzukommen. Dieser Versuch war gescheitert. Deswegen hielten sie sich jetzt an Cassady, um diese Sache zu bekommen.

Pauling glaubte das nicht, aber da es zur Sprache gekommen war, wollte sie es verfolgen.

»Es kann nichts sein. Ich hätte ihnen gegeben, was immer sie verlangen, um Rick zurückzubekommen. Aber wir besitzen nichts«, sagte sie mit einer Stimme, die wieder am Rand des Schluchzens stand. »Wir haben vielleicht fünfhundert Dollar auf unserem Konto.«

»Eben«, sagte Pauling. »Wenn Sie also nichts besitzen, hinter was sollte ich dann wohl her sein?«

»Das stimmt«, gab Cassady zu.

»Außerdem wollte ich zur Polizei gehen. Sie nicht. Wenn ich etwas Illegales tun oder versuchen würde, Sie zu verletzen, bezweifle ich stark, dass ich die Cops vorgeschlagen hätte.«

»Tut mir leid, dass ich Ihnen nicht vertraut habe«, sagte Cassady. »Ich hab einfach Angst. Und ich hab genug von dem Mist. Und ich vermisse Rick.«

Sie fing wieder zu weinen an.

Pauling wollte gerade etwas sagen, als die Türklingel läutete. Sie stand auf, ging zum Wohnzimmer, mit der Hand an der Waffe.

Was verdammt ist jetzt wieder?, dachte sie.

Pauling sah zur Vorderseite und erblickte haargenau das, was sie nicht gehofft hatte.

Zwei Polizeiwagen.

31

»Cassady Simmons?«

Der Polizist, der zu Pauling hereinspähte, war jung, mit großen braunen Augen, einer Habichtsnase und dichtem schwarzem Haar, das gerade nach hinten gekämmt war. Hinter ihm stand ein zweiter Mann, ein älterer Polizist. Sie wirkten beide ernst.

Pauling wusste sofort, was das bedeutete.

Oh nein.

Sie zögerte, den Polizisten zu antworten, aber es ging nicht anders. Ihr blieb keine Zeit, den Schock abzumildern, der mit Sicherheit kommen würde.

»Klar, ich hole sie. Kommen Sie rein«, sagte sie.

Pauling ging zur Küche zurück und Cassady sah zu ihr auf. Es war ein schrecklicher Augenblick für Pauling, weil sie wusste, was passieren würde und sich furchtbar schuldig fühlte, weil Cassady keine Ahnung hatte. Es war aber nicht möglich, sie darauf vorzubereiten.

»Die Polizei ist hier«, sagte Pauling.

»Ich hab gesagt, Sie sollen sie nicht anrufen!«, zischte Cassady sie an. Eine Mischung aus Angst und Wut wirbelte in Cassadys großen blauen Augen. Ihr Mund war zu einer schmalen, grimmigen Linie geformt.

»Ich hab sie nicht angerufen«, sagte Pauling.

»Und wer war's dann?«

»Jemand hat wahrscheinlich die Schüsse gehört. Oder vielleicht hat sie auch niemand gerufen und sie sind aus einem anderen Grund hier«, sagte Pauling im Versuch, Cassady auf das vorzubereiten, was höchstwahrscheinlich passieren würde.

Cassadys Augen weiteten sich und sie sprang vom Stuhl und rannte praktisch durch den Flur zur Polizei.

Pauling folgte ihr, hörte, wie die Polizisten ihr die Nachricht überbrachten.

Cassady stieß ein langgezogenes Heulen aus und brach zusammen. Die beiden Polizisten fingen sie auf.

Pauling zeigte auf die Couch im Wohnzimmer.

Sie trugen die junge Frau zum Sofa und Pauling nahm ein Kissen, um Cassadys Kopf darauf zu betten. Auf einem der Stühle lag ein Überwurf. Pauling legte ihn über Cassady.

Sie wandte sich an den älteren Polizisten und bedeutete ihm, ihr in den Flur zu folgen.

»Erzählen Sie mir, was Sie entdeckt haben«, sagte Pauling.

Der ältere Polizist sah sie mit verwirrter Skepsis an.

»Und wer genau sind Sie?«

»Lauren Pauling.«

»In Ordnung, Lauren Pauling. Und jetzt erzählen Sie mir mal, wer Sie sind und was Sie hier machen. Familie? Freundin?«

»Eine Freundin.«

Der Polizist hatte ein Notizbuch und einen Stift hervorgeholt und war bereit, sich Notizen zu machen.

»Kennen Sie den Ehemann? Rick Simmons?«

»Ich hab ihn nie getroffen«, sagte Pauling. »Ich bin mit Cassady befreundet. Sie rief mich an, weil sie sich Sorgen um Rick machte. Wissen Sie etwas darüber?«

Der alte Polizist tippte mit dem Stift auf sein Notizbuch, wägte die Alternativen ab.

»Können Sie sich ausweisen?«, fragte der Polizist.

Pauling zeigte ihm ihren Führerschein.

»New York, was?«

»Also, was hat es mit Rick auf sich?«, fragte Pauling und ignorierte seine Frage. Schließlich sah er ins Wohnzimmer und dann zurück zu Pauling.

»Rick wurde tot in der Wüste aufgefunden.« Er sprach leise, aber Pauling wusste, dass er das schon mal gemacht hatte. Wahrscheinlich oft.

Pauling nickte nur. Sie hatte vermutet, dass das der Grund für den Besuch der Polizei war, und sie hatte es ihrer Körpersprache entnommen. Solche Nachrichten zu überbringen ließ einen nie beschwingt auftreten.

»Todesursache?«, fragte sie.

Der ältere Polizist sah sie an. Er hatte ein verwittertes Gesicht, voller Falten und sonnengebräunt. Seine Augen waren blau und akzeptierten keinen Bockmist.

»Sind Sie sicher, dass Sie nur eine Freundin der Familie sind?«, fragte er.

»Freundin. Und Privatermittlerin«, sagte Pauling. »Darüber können wir aber später reden. Todesursache?«

Er schüttelte den Kopf. »Nicht für die Öffentlichkeit bestimmt. Waren Sie mal ein Cop? Sie wirken so.«

»FBI«, sagte Pauling. »Früher mal.«

Der alte Polizist grinste ein bisschen. »Das passt.«

Er schob sich an ihr vorbei und ging in Richtung Wohnzimmer. Pauling folgte ihm und beobachtete, wie er sich zu seinem jungen Partner gesellte, der neben Cassady stand, die jetzt auf der Couch zusammengerollt dalag. In Embryonalhaltung, vom Schock betäubt. Ihr schlimmster Albtraum war wahr geworden.

Pauling wusste, was als Nächstes passieren würde. Sie würden Cassady aufs Revier bringen wollen, damit sie die Leiche identifizierte. Wahrscheinlich würden sie sie hinterher in einen Verhörraum stecken und ihr eine Menge Fragen stellen. Pauling war zuversichtlich, dass Cassady nichts zu verbergen hatte, aber sie dachte trotzdem daran, der jungen Frau einen Anwalt zu besorgen. Für den Moment schob sie den Gedanken jedoch beiseite.

Stattdessen hatte Pauling die Absicht, Cassady selbst zum Polizeirevier zu bringen. Die Frau hatte gerade niemanden. Vielleicht besaß sie Familie, aber in der Zwischenzeit gab es nur Pauling.

Sie wollte wirklich, dass jemand zum Tatort ging. Sie wollte herausfinden, wo die Leiche entdeckt worden war und sich den Ort ansehen, bevor die Natur ihren Lauf nahm. Sie leckte sich die Detektivlippen, konnte aber nichts tun, weil sie Cassady vor weiterem Schaden beschützen musste.

Pauling ging in Gedanken die Menschen durch, mit denen sie früher schon in der Gegend zusammengearbeitet hatte. Sofort kam ihr ein Name in den Sinn, weit vor allen anderen.

Sie hatten mehrfach zusammengearbeitet, davon einmal, als sie noch beim Bureau gewesen war.

Pauling lächelte beinahe über sich selbst.
Es wäre schön, Michael Tallon wiederzusehen.

32

Tallon sah sein Telefon an. Ein Anruf kam herein und die Nummer war mit einem Kontakt in der Datenbank seines Handys verknüpft.

Lauren Pauling.

Ein kleines Grinsen zerrte an seinen Mundwinkeln.

Was für eine Frau, dachte er. Er stellte sie sich vor. Wirklich ziemlich hübsch, mit goldenen Haaren, einem super Körper und umwerfenden Augen. Ein bisschen älter als er, hatte sie einen zeitlosen Look an sich. Ganz abgesehen davon, dass sie vermutlich als eine zehn, vielleicht sogar fünfzehn Jahre jüngere Frau durchgehen konnte.

Aber es war diese Stimme.

An die Stimme erinnerte er sich.

Ein bisschen rau. Wie von einer Bluessängerin direkt vor ihrer ersten Tasse Kaffee am Morgen.

Er wischte mit dem Daumen über das Display, um den Anruf anzunehmen.

»Pauling«, sagte er.

»Sind Sie da draußen mitten in der Wüste?«, fragte sie. »Rennen Sie um Ihr Leben, während Geier über Ihnen kreisen?«

Sie hatten früher ein paar Mal zusammengearbeitet, sowohl in offizieller Funktion bei der Regierung als auch später, nachdem sie beide in die freie Vertragsarbeit eingestiegen waren.

Pauling war sogar bei ihm zuhause gewesen und hatte sein intensives körperliches Regime aus erster Hand erlebt. Es war allerdings alles rein beruflich gewesen, trotz seiner besten Bemühungen.

»Nope. Mitten in der Garage«, sagte er.

Es stimmte; er hatte einen hauseigenen Fitnessraum in der Garage gestaltet und war beim Gewichtheben. Es gab ein Fenster, das er aber geschlossen hielt. Er mochte die Hitze und den Schweiß. Wie es so schön hieß: Der einzige leichte Tag war gestern.

»Kniebeugen oder Bankdrücken?«, fragte sie.

»Kreuzheben.«

Eine Pause entstand, dann sagte Pauling: »Dann arbeiten Sie im Moment nicht an einem Auftrag, darf ich vermuten?«

»Das vermuten Sie korrekt«, antwortete Tallon. Er setzte sich aufs Ende der Hantelbank. Eine Schweißpfütze formte sich unter ihm und er schnappte sich ein Handtuch von einer der Langhanteln und wischte sich damit das Gesicht ab, damit er nicht das Telefon verschmierte.

»Wie wär's, wenn Sie zu mir nach Albuquerque kämen?«, fragte Pauling.

»Albuquerque?«, fragte Tallon. »Was zum Geier gibt's in Albuquerque?«

»Das versuche ich rauszufinden«, antwortete Pauling. »Ich brauche jemanden, der ein paar Nachforschungen anstellen und möglicherweise Personenschutz durchführen kann. Die Situation ist gerade ziemlich unklar.«

Tallon ging gedanklich seinen Kalender durch. Er hatte vorläufig einen Job für nächsten Monat auf der Liste, aber im Moment nichts. Er hatte vorgehabt, Papierkram nachzuholen und zusätzliche Zeit in der Wüste und auf dem Schießstand zu verbringen.

Nun, das konnte warten.

»Wann soll ich da sein?«, fragte er. Den finanziellen Aspekt würden sie später klären. Tallon wusste, dass Pauling ihn angemessen bezahlen würde.

»Gestern«, sagte sie.

Tallon überdachte, was er zu tun hatte, bevor er aufbrechen konnte, und schätzte die Fahrtdauer. »Ich kann in etwa acht Stunden da sein«, sagte er. »Ich werde fahren, damit ich mich nicht mit Flughafenauflagen rumschlagen muss.« Was bedeutete, dass er vorhatte, mehr Feuerkraft mitzubringen als gewisse Vorschriften erlaubten.

»Okay. Ich schicke Ihnen eine SMS mit der Adresse.«

»Klingt gut«, sagte er und ein kleines Lächeln lag auf seinem Gesicht. Er freute sich darauf, sie wiederzusehen. Und diese Stimme zu hören.

Er erwartete keine Antwort und als sie auflegte, überraschte es ihn nicht. Pauling war klug und tough. Sie hatte keine Zeit, Spielchen zu spielen, und Tallon auch nicht.

Der Gedanke an die Zeit veranlasste ihn, auf seine Uhr zu sehen.

Er würde fünfzehn Minuten brauchen, um sein Workout zu beenden, und dann würde er anfangen, seine Ausrüstung zusammenzustellen. Sein Fahrzeug war vollgetankt und er hielt alles jederzeit sauber und ordentlich. Es war seine Art, immer bereit zu sein, von einem Moment auf den anderen fortzugehen.

Das Workout allerdings würde er nicht abbrechen.

Tallon brachte alles zu Ende, was er anfing.

33

Special Agent Jacqueline Hess erreichte Albuquerque.

Der Flug war gut verlaufen und relativ schmerzfrei gewesen. Sie hatte die meiste Zeit damit verbracht, alle Akten und Dokumente durchzusehen, die Petrie ihr beim Aufbruch gegeben hatte. Es waren viele gewesen.

Aber Hess las schnell und lernte rasch. Fakten waren Macht. Ihr Verstand war ein Musterbeispiel an Effizienz und Präzision. Sie war zur Analystin geboren und wusste es. Hess wusste auch, dass ihre Ansichten und Überzeugungen genauso mächtig wären wie die besten Analysen.

In dem Moment, als die Flugzeugreifen den Boden berührten, leuchtete ihr Handy auf.

Sie hatte Nachrichten von Petrie aus dem Hauptquartier und vom Leiter des Büros in Albuquerque, SAC Ray Ostertag, erhalten.

Hess arbeitete sich mühelos durch die Nachrichten aus dem Hauptquartier, denn das waren hauptsächlich Bitten um Statusberichte. Es amüsierte sie immer, wenn Berichtanfragen eingereicht wurden, ohne dass man auf die Zeit achtete. Wollte Petrie ein Update darüber, wie der Flug verlaufen war? Wohl kaum.

Die Nachricht, auf die sie ihr Augenmerk richtete, war von Ostertag, und darin stand, dass ein Auto vor der Gepäckausgabe auf sie wartete.

Hess ging zur Toilette, holte ihre Sachen, schnappte sich einen Kaffee zum Mitnehmen und trat in die warme, trockene Luft New Mexicos hinaus.

Sie erkannte die Macht des Augenblicks. Dieser erste Atemzug frischer Luft, nicht abgestanden und aufbereitet wie im Flugzeug oder im Terminal. Das war real. Sie war hier, und Hess konnte die Tatsache nicht abschütteln, dass es sich anfühlte, als habe ihr gesamtes Leben sie an diesen Punkt geführt. Sehr viel hing davon ab.

Zum Beispiel ihre gesamte Zukunft.

Nun, davon durfte sie sich nicht ablenken lassen. Sie musste funktionieren. Und gut funktionieren. Also schüttelte sie die Nervosität ab und konzentrierte sich auf die bevorstehende Aufgabe.

Hess entdeckte ihre Mitfahrgelegenheit sofort. Ein Ford Crown Victoria, dunkelgrau, mit hellgrauer

Innenausstattung. Bestimmt direkt aus dem Fuhrpark des FBI.

Ein junger Agent in einem weißen Hemd, mit dunklem Jackett und einer Krawatte saß hinter dem Lenkrad. Er sah sie an und nickte ihr zu, dann stieg er aus und öffnete den Kofferraum.

»Agent Hess«, sagte er. »Ich bin McIlroy.«

Sie schüttelte ihm die Hand und setzte sich dann auf den Beifahrersitz.

Sie sprachen nicht, während McIlroy den Gang einlegte und den Wagen in Richtung Innenstadt lenkte.

»Wir sollten in ungefähr zehn Minuten ankommen«, sagte McIlroy.

Hess ignorierte ihn und beobachtete, wie sich die Landschaft von Flughafenindustrie zur einer Wüste änderte, durch die sich ein Freeway zog.

Sie fragte sich, wie lange sie in Albuquerque festsitzen würde.

Aus einem unerfindlichen Grund schätzte sie, dass sie länger bleiben würde, als die guten Menschen daheim im Hauptquartier annahmen.

34

Die gute Nachricht für Cassady lautete, dass es nicht nötig war, den Toten zu identifizieren. Pauling wusste, dass das wahrscheinlich am Zustand der Leiche lag und es durch zahnärztliche Unterlagen geschehen würde.

Die schlechte Nachricht lautete, dass sie tatsächlich im Polizeirevier von den beiden Detectives, die zu ihr nach Hause gekommen waren, befragt wurde. Während des Vorgangs konnte sich Cassady kaum zusammenreißen. Obwohl Pauling nicht genau wusste, wie es lief, weil sie nicht in den Verhörraum mitkommen durfte.

Während Pauling wartete, sah sie, wie ein Mann den Aufenthaltsraum betrat und zum Verhörzimmer weiterging, in dem Cassady befragt wurde.

Er war ein älterer Mann, mit dunklem Anzug und Bürstenhaarschnitt.

Pauling erkannte das FBI, wenn sie es sah.

Warum ist das FBI involviert?

Die Befragung ging weiter, bis der ältere Polizist Cassady schließlich herausbrachte. Niemand sonst verließ den Verhörraum.

»Was hat es mit dem FBI-Kerl auf sich?«, fragte Pauling.

Der Polizist ignorierte sie.

»Wir setzen uns mit Ihnen in Verbindung, falls wir weitere Fragen haben, Cassady«, sagte er. »Sollen wir Sie in der Zwischenzeit nach Hause fahren? Oder wird Ms. Pauling hier Sie mitnehmen?«

»Ich mach das schon«, sagte Pauling.

Sie führte Cassady aus dem Aufenthaltsraum, aus dem Gebäude und zu ihrem Mietwagen.

Pauling hütete sich, Cassady zu fragen, was genau sie besprochen hatten. Pauling kannte die Sorte Fragen genau, mit denen sie ihr gekommen waren. Sie hatte allerdings großes Interesse am Mann vom FBI.

Aber Cassady war in keinem Zustand, in dem sie noch mehr Fragen beantworten konnte.

Die würden einfach warten müssen.

Pauling verspürte ein tiefes Mitgefühl für die junge Frau, die die Polizei mit nichts in der Hand verlassen hatte. Da Ricks Tod zum Mord erklärt worden war, verblieben alle gesammelten Beweise bei den Cops. Ihr blieb jetzt nichts von ihrem Ehemann, außer Erinnerungen.

Pauling brachte sie nach Hause zurück und fand etwas Benadryl im Medizinschränkchen. Eine Valium wäre besser, aber nicht für eine Schwangere.

Cassady ging zu Bett, erschöpft und am Rande sowohl eines physischen als auch eines psychischen Zusammenbruchs. Pauling hatte ihr erzählt, dass sie zusätzliche Security für sie dazuholte, bis sich die Lage beruhigte. Sie war nicht sicher, ob Cassady sie überhaupt gehört hatte, weil sie vollkommen benebelt war.

Pauling knöpfte sich die Sicherheit des Hauses vor und erhielt eine SMS. Sie sah auf ihr Handy.

Tallon fuhr gerade in die Einfahrt.

Pauling ging zur Vordertür, sah aus einem Seitenfenster hinaus, weil sie Türspionen nicht traute.

Es wäre einem Angreifer ein Leichtes, sich vor die Haustür zu stellen, die Waffe an den Spion zu halten und darauf zu warten, dass sich das Licht unter der Tür ein wenig veränderte. Den Abzug drücken. Der Person auf der anderen Seite ins Auge schießen.

Das war schon vorgekommen.

Diesmal sah Pauling anstelle eines Todesschützen, der darauf wartete, eine Kugel abzufeuern, wie Michael Tallon sie von der Vordertreppe aus betrachtete.

Er sah mit einem großen Lächeln im Gesicht zum Seitenfenster herüber.

Ihn zu sehen schenkte ihr einen Augenblick der Erleichterung vom Drama des Tages.

Sie lächelte unwillkürlich und öffnete die Tür.

»Ich traue Türspionen auch nicht«, sagte er.

35

»Dafür werden Köpfe rollen«, sagte Rollins.

Er hatte gerade Petries Büro betreten, ein viel kleineres, viel unscheinbareres Zimmer als seins.

Petrie saß an seinem Schreibtisch und las einen Lagebericht, den er bereits zweimal durchgearbeitet hatte. Er enthielt nichts Neues, aber manchmal brachten ein zweiter oder sogar dritter Blick etwas Zusätzliches ans Tageslicht.

Nicht dieses Mal.

Er sah zu, wie sich Rollins auf einem Stuhl ihm gegenüber niederließ.

»Was Neues?«, fragte Rollins.

Petrie unterdrückte das Bedürfnis, die Stirn zu runzeln. Hess war gerade erst in Albuquerque angekommen und befand sich auf dem Weg zum Treffen mit Ostertag. Was könnte sie schon in so kurzer Zeit erreicht haben?

»Wir wissen mehr, wenn Hess ihr erstes Update einreicht«, sagte Petrie mit vorsichtiger Stimme. Er hatte seine Antwort sorgsam so formuliert, dass sie die Worte »mehr wissen« enthielten, während sie in Wahrheit noch gar nichts wussten.

Außer dem, was bereits vorgefallen war.

Noch dazu tat sich Petrie schwer, die Nuancen im Gesichtsausdruck seines Vorgesetzten zu deuten. Diese Aussage über bald rollende Köpfe konnte auf viele Arten verstanden werden. Es hing alles von der Mimik ab. Eine Drohung? Ein Drängen zur Zusammenarbeit? Ein offensichtliches Statement? Am wichtigsten: *Wessen* Köpfe genau würden rollen?

Petrie widerstand dem Drang, sich den Nacken zu reiben.

»Wir können dieser Sache immer noch zuvorkommen«, sagte er. Daran glaubte er zwar gewissermaßen, aber vor allem klang es nach einer perfekten Aussage. In Wirklichkeit hatte er keine Ahnung, ob genug Zeit blieb, proaktiv zu werden.

Rollins kippte seinen Stuhl nach hinten. Er legte die Füße auf den Schreibtisch und Petrie registrierte abwesend die Marke. Cole Haan.

»Worst-Case-Szenario?«, fragte Rollins.

Petrie dachte über die Frage nach.

»So schlimm, wie es nur werden kann. Für alle Beteiligten.«

Was nicht nur die tatsächlich Verantwortlichen bedeutete, sondern selbst jene mit indirekter Verantwortung würden den Preis dafür zahlen.

»Wie spielt sich der schlimmste Fall in Ihren Augen ab?«, beharrte Rollins.

Petrie seufzte. »Kommt darauf an, was Sie meinen. Sprechen wir von einer Gesamtzahl? Von betroffenen Gebieten? Von den üblichen politischen Nachwehen und Schuldzuweisungen?«

Rollins verzog das Gesicht. »Selbst allgemein gesprochen ist es schrecklich«, sagte er. »Ich kann mir vorstellen, dass die Details noch schlimmer sind.«

»Das sind sie«, sagte Petrie.

»Fangen wir mit dem betroffenen Gebiet an. Was meinen Sie?«

»Fangen wir mit dem Schwersten an.«

»Das wäre die Frage. Wann? Wir haben keine Vorstellung eines Zeitplans oder ob es überhaupt einen gibt. Es gab keine Kommunikation. Kein Ultimatum. Nichts.«

»Gut, dann wissen wir also nicht, wann. Was ist mit wo? Ihre Einschätzungen?«

Petrie stieß ein langes, langsames Pfeifen aus. »Riesig. Ein riesiges Gebiet.«

»Ich weiß. Aber welches riesige Gebiet? Es muss doch einen Hinweis geben.«

»Es ist nur eine Vermutung. Ausschließlich auf Nähe, Zugänglichkeit und Wert des Ziels basierend. Und es ist meine persönliche Vermutung, nicht die des Teams. Wir müssen noch immer jede Menge Daten sammeln.«

Rollins zog eine Augenbraue hoch, während er auf Petries Antwort wartete.

»Los Angeles.«

36

»Haben Sie jemals Jack Reacher kennengelernt?«, fragte Pauling. Sie hatte Tallon über die Geschehnisse in New York informiert, angefangen mit dem geheimnisvollen Brief, auf dem Jack Reachers Name prangte.

Cassady ruhte sich in einem Zimmer aus und Pauling war mit Tallon auf die rückwärtige Veranda gegangen, um unter vier Augen zu sprechen. Die junge Frau schlief zwar, aber Pauling wollte trotzdem sichergehen, dass ihr Gespräch nicht mitgehört werden konnte.

Es war eine warme Nacht mit am Himmel verstreuten Sternen. Das Haus lag unweit einer viel befahrenen Straße, und manchmal konnten sie den Verkehrslärm hören, eine wütende oder warnende Hupe.

Pauling konnte sich nicht erinnern, ob Tallon Reacher jemals während seiner Zeit beim Militär begegnet war, oder bei einem der Ermittlungsfälle, die er seit seinem Austritt angenommen hatte. Ihre Welt, die der privat ermittelnden Ex-Militärs, war klein. Technisch gesehen war Reacher kein Ermittler, wie Pauling wusste. Seine Fälle waren einfach nur Zufallsbegegnungen, bei denen Reacher jemanden traf, der seine Hilfe benötigte.

»Nein, hab Jack Reacher nie getroffen«, sagte Tallon. »Ich hab aber einige Geschichten gehört.«

»Gute Geschichten oder schlechte?«

»Gute, hauptsächlich. Aber es sind nicht wirklich Geschichten. Eher Gerüchte, die mir zu Ohren gekommen sind. Ein Kerl hört von einem anderen Kerl von dieser Sache, die passiert ist«, sagte Tallon. »Sie wissen, wie das läuft. Militärtypen sind ein Haufen Klatschweiber.«

Pauling lachte. Sie genoss Michael Tallons Gegenwart. Er war kleiner als Reacher, aber wer war das andererseits nicht? Knapp über eins-achtzig, aber massive Muskelmasse. Er hatte braunes Haar, kurz geschnitten, einen kräftigen Kiefer und hellgrüne Augen. Meistens enthielt sein Blick eine Spur von Humor. Wenn er aber zu Stein wurde, dann konnte sie erkennen, dass er mehr als genug Gewalt gesehen hatte.

»Mir war nicht klar, dass ihr ein Haufen Klatschweiber seid«, sagte sie. »Vielleicht sollte ich aufpassen, was ich in Ihrer Nähe sage.«

»Hat Reacher mit der Sache zu tun?«, fragte Tallon.

»Ich habe wirklich keine Ahnung«, sagte Pauling. »Indirekt ist er der Grund, warum ich hier bin. Irgendwie hat er damit zu tun, aber ich habe keinen Schimmer, wie oder warum. Wenn sein Name allerdings nicht aufgetaucht wäre, wäre ich wahrscheinlich nicht hergekommen.«

»Er war Militärpolizist, richtig?«, fragte Tallon. »Ermittler?«

Pauling nickte. »Ja. Army. Einer der besten, die ich je getroffen habe.«

»Und die Frau hier …?«

»Cassady.«

»Cassady. Kennt sie ihn?«

»Nein. Sie sagt, sie hat den Namen noch nie gehört. Und dass ihr Mann, Rick, ihn auch nie erwähnt hat.«

»Okay, Rätsel über Rätsel.«

»Und das Ganze mit sieben Siegeln.«

Beide saßen für einen Moment schweigend da.

»Die haben sich also ihren Mann geschnappt«, sagte Tallon. »Ihn umgebracht. Und dann waren sie hinter ihr her. Warum haben sie sie nicht einfach gleichzeitig mitgenommen?«

»Gelegenheit«, sagte Pauling. »Er ist Fernfahrer, richtig? Kaum daheim? Sie mussten es einzeln machen. Die

Wahrscheinlichkeit, dass sie zu einem günstigen Zeitpunkt zusammen sind, war vermutlich gering. Es ist besser, sich erst einen zu schnappen und den anderen später.«

»Warum der Zeitunterschied?«, fragte Tallon? »Warum nicht zwei verschiedene Zugriffsteams? Sie gleichzeitig holen. So würde ich das machen. Die Teams anweisen, in ständiger Verbindung zu bleiben, damit sie ihre Bewegungen aufeinander abstimmen können. So kann kein Opfer das andere warnen.«

Pauling hatte dasselbe gedacht. Das war allerdings nur ein Brainstorming. Und es war immer gut, jemanden zu haben, mit dem man seine Ideen austauschen konnte.

»Vielleicht zu wenig Leute«, sagte Pauling. »Vielleicht haben wir es mit einer kleinen Gruppe zu tun.«

»Könnte sein«, sagte Tallon. »Vielleicht ein Hauptverantwortlicher und ein paar Handlanger.«

»Möglich, aber das glaube ich nicht«, sagte Pauling. »Dieser Crown Vic war neu. Gut gepflegt. Die Männer waren gut gekleidet. Er schoss ohne Zögern. Das ist keine Anfängeroperation.«

»Wie lautet also unser Angriffsplan?«, fragte Tallon.

»Eins nach dem anderen«, entgegnete Pauling. »Sie bleiben hier, haben ein Auge auf Cassady. Ich gehe in mein Hotelzimmer zurück, ruhe mich ein paar Stunden aus, und dann fahre ich zum Tatort raus. Ich muss selbst sehen, wo Rick Simmons sein Ende fand. Und warum dort.«

»Verstanden«, sagte Tallon.

Pauling stand auf.

»Sagen Sie mir, wenn sie wach ist und wie es ihr geht. Ich komme am Vormittag wieder.«

Pauling brach auf, ging zu ihrem Auto und fuhr in Richtung Hotel.

Kurz darauf fuhr ein schwarzer Crown Vic am Haus der Simmons vorbei und folgte Pauling auf den Freeway.

37

Bei Tagesanbruch war Pauling wieder unterwegs.

Ein paar Stunden Schlaf.

Eine große Tasse dunkel gerösteter Kaffee.

Die Stadt wachte gerade auf, der Freeway war hauptsächlich voller Lastkraftwagen und Verkaufsreisender. Vereinzelte Touristen fuhren auf der Kriechspur, mit vollgestopften Minivans und aufs Dach geschnallten Gepäckträgern. Hier und da ein Hippie-Pärchen auf dem Weg zum Zelten in den Bergen; Gras rauchen und Kaffee trinken, übers Universum nachdenken.

Pauling befasste sich gedanklich mit der Situation.

Rick Simmons, in der Wüste ermordet.

Die versuchte Entführung von Cassady Simmons.

Sie entschied, dort anzusetzen. Warum eine Entführung? Warum tötete man ihren Mann, sie aber nicht?

Warum tötete man ihn, entführte sie aber nur?

Für Pauling ergab das keinen Sinn.

Außer, sie wollten etwas vom Ehemann, der sich geweigert hatte, damit herauszurücken und dabei gestorben war.

Also machten sie mit Cassady weiter.

Das war möglich.

Ein weiterer Blickwinkel war, dass sie vorgehabt hatten, auch Cassady schlussendlich zu töten. Die Entführung war vielleicht nur ein Schritt auf dem Weg dorthin gewesen. Sie waren gestört worden. Vielleicht war es ihr Plan gewesen, Cassady zu entführen, sie irgendwo hinzubringen und zu foltern. Sie waren eindeutig hinter irgendwas her. Das Problem war nur, dass Pauling nicht wusste, was das war. Und schlimmer noch, sie glaubte auch nicht, dass Cassady es wusste.

Pauling fuhr westwärts auf dem Highway weiter. Ihr Schlaf war kurz aber tief gewesen. Der Kaffee hatte sie aufgeweckt, und sie freute sich, dass sie den Aufpasserteil des Jobs gegen die eigentliche Ermittlerarbeit eingetauscht hatte.

Die lag ihr besser.

Sie hatte durch die Cops, die bei Cassady daheim aufgetaucht waren, eine Vorstellung von der Lage des Tatorts bekommen.

Sie brauchte nicht lange, um die richtige Stelle zu finden. Mehrere orangefarbene Warnkegel waren an den Straßenrand gestellt worden. Dahinter befanden sich Reifenspuren und loses Geröll. Am Rand ihres Blickfelds, weit draußen in der Wüste, glaubte sie, Absperrband flattern zu sehen.

Pauling lenkte das Auto von der Straße und parkte. Sie überprüfte ihr Handy, um sich zu vergewissern, dass sie ein starkes Signal hatte und es vollständig geladen war. Ihre Waffe steckte im Holster. Sie schloss den Wagen ab, steckte die Schlüssel in ihre Vordertasche und machte sich auf den Weg durch die Wüste, hin zu dem Ort, wo Rick Simmons höchstwahrscheinlich getötet worden war.

Man könnte sie nicht beschuldigen, einen Tatort zu manipulieren, da er quasi verlassen war, und das Gebiet war zu groß, um es komplett abzusperren. Weil die Lage des Tatorts außerdem der Lokalpolizei rausgerutscht war, wären die nicht in besonders großer Eile, ihren Fehler zuzugeben.

Unterwegs musste Pauling sich eingestehen, dass sie nicht genau wusste, wonach sie suchte. Sie wollte nur ein Gefühl dafür bekommen, was passiert sein könnte, und warum an diesem Ort.

Der Morgenhimmel färbte sich gerade erst langsam von Orange zu Blau und der kühle Wüstenwind fühlte sich gut auf ihrem Gesicht an. Sie hatte Geländelaufschuhe und Bluejeans angezogen und dazu ein schwarzes T-Shirt und eine leichte Jacke. Ihre Pistole lag eng an ihrer Hüfte.

Sie entdeckte einen kleinen Erdhügel, eine flache Senke und die Überreste zweier Markierungen aus Absperrband.

Hier war es, wo Cassadys Mann den Tod gefunden hatte.

Langsam näherte sie sich dem Ort und sah sich um. Hier gab es nicht viel. Ein paar Büsche, Steine und Sand. Kakteen im Norden. Ein Vogel flog am Himmel vorbei, zweifelsfrei auf der Suche nach einer Mahlzeit.

Pauling wusste, dass die Polizei den Tatort bis auf Weiteres so belassen würde. Irgendwann würde jemand kommen und die Spuren entfernen, nachdem die Ermittlung abgeschlossen wäre. Oder vielleicht auch nicht. Vielleicht würden sie es der Wüste überlassen, sich alles zurückzuholen. Cassady käme vielleicht hierher und würde die Stelle irgendwie mit einem Kreuz markieren.

Andererseits wusste Pauling nicht, ob die junge Frau stark genug für so etwas war. Sicherlich nicht so bald.

Pauling machte sich Gedanken über die Mordzeit. Sie vermutete, dass die Täter bis zur Nacht gewartet hatten. Weit weg von der Straße. Sie hätten die Möglichkeit ausschließen müssen, von gelegentlich vorbeifahrenden Autos gesehen zu werden. Sie waren weit genug von der Stadt entfernt, so weit, dass es kaum Verkehr gab. Aber es war noch genug, dass er sie in gewissem Maße beeinflusste.

Die erste Erkenntnis, die sie gewann, war, dass die Mörder unverfroren waren.

Sie mussten ihr Auto geparkt haben. Aber wo? Sie ging zurück und studierte die Reifenspuren. Es waren zu viele. Sie fragte sich, ob die Polizei die Spuren bemerkt hatte.

Hatten die Mörder ihr Auto einfach von der Straße gesteuert und auf dem Seitenstreifen geparkt? Das wäre ganz schön dreist. Ein geparktes Auto mitten in der Nacht am Rand des Highways? Ein Polizist hätte den Wagen zum Beispiel beim zufälligen Vorbeifahren bemerken können. Er hätte angehalten, das Nummernschild notiert. Es gemeldet. Ein Beweis, dass das Auto da war.

Nein, sie hätten das Auto weit vom Highway weggefahren, in die Wüste, weit genug von der Straße entfernt, um sicherzugehen, dass niemand sie sehen würde.

Was bedeutete, dass ihre Spuren im Sand waren.

Pauling hoffte, dass die Polizei gute Aufnahmen von den Reifenspuren gemacht hatte. Die könnten noch nützlich sein. Sie dachte an den Crown Vic vor Cassadys Haus. Anhand eines einfachen Blicks konnte sie unmöglich sagen, ob die Reifen übereinstimmten.

Die andere Sache am Tatort war, dass er unerwartet wirkte. Als hätten sie keinen vernünftigen Plan gehabt, wohin sie Rick Simmons bringen wollten.

Es wirkte wie ein der Gelegenheit wegen gewählter Ort.

Sie hatten ihn hier geschnappt, hier getötet und hier liegenlassen.

Es wirkte einfach nicht wie ein Ort, an dem man eine Leiche verschwinden ließ. Zu nah an der Stadt. Nicht weit genug von der Straße weg.

Sie hatten eine riesige Wüste als Option gehabt und trotzdem diesen Ort gewählt.

Vielleicht waren sie einfach nur bequem gewesen.

Und nicht so professionell, wie Pauling zuerst angenommen hatte.

Der andere Fehler, den sie gemacht hatten, war, das Grab nicht tief genug auszuheben. Der Kojote hatte es gefunden. Der Pilot hatte es gesehen. Es hätte viel tiefer gegraben werden sollen, mit viel mehr Sand darauf. Und dann hätte man einige Steine darüber verteilen sollen. Groß genug, damit ein kleines Säugetier sie nicht runterschieben konnte.

Wieder bequem, womöglich.

Oder vielleicht Amateure.

Oder beides.

Pauling blieb noch zwanzig Minuten, ging umher und dachte nach, machte einige Fotos des Orts für die spätere Überprüfung und um Details bestätigen zu können.

Sie entschied, dass sie alles ihr Mögliche herausgefunden hatte, und daher ging Pauling zum Auto zurück. Als ihr Fahrzeug in ihren Blick geriet, entdeckte sie einen weiteren Wagen, der an ihrem gemieteten Impala vorbeifuhr.

Er fuhr mit langsamer und konstanter Geschwindigkeit. Vielleicht ein wenig langsamer als normal, weswegen es Pauling auffiel.

Dann war er vorbei und gab merklich Gas.

Pauling erhaschte einen Blick auf zwei Menschen im Auto. Ein Fahrer. Ein Beifahrer.

Sie konnte nicht sagen, ob es Männer oder Frauen waren.

Oder ob es dieselben beiden Typen waren, die versucht hatten, sich Cassady zu schnappen.

Aber das Auto war ein Crown Vic.

Pauling dachte daran, ihnen nachzusetzen, aber bis sie an ihrem Auto angelangt war, hatten sie bereits den

Horizont erreicht, und eine Verfolgungsjagd in Hochgeschwindigkeit wäre sinnlos.

Stattdessen machte sie sich auf den Weg zu Cassadys Haus.

Und zu Michael Tallon.

38

»Machen das normale Menschen so?«, fragte Tallon.

Er saß in Cassadys Wohnzimmer. Die Einschusslöcher von der gescheiterten Entführung waren noch sichtbar, aber er hatte Putz und Staub vom Boden entfernt.

Pauling war gerade angekommen, von ihrem Ausflug in die Wüste.

Tallon fand, dass sie besonders hübsch aussah. In perfekt sitzenden Bluejeans, einem leichten, halbärmeligen Baumwoll-T-Shirt und Wanderschuhen.

»Ja, aber die meisten Menschen lassen dabei den Fernseher laufen«, stellte Pauling klar.

»Das hab ich versucht, aber es war nervtötend«, antwortete Tallon. »So ist es viel besser. Ruhig.«

Die Couch war so weich, dass es wirkte, als sänke sie hinein.

»Ich hab irgendwo gelesen, dass die Durchschnittsperson ungefähr fünf Stunden am Tag fernsieht«, fuhr Tallon fort. »Wie geht das überhaupt?«

»Man nennt es Binge-Watching«, sagte Pauling. »Wo ist Cassady?«

»Sie ist in ihrem Schlafzimmer«, sagte Tallon. »Und weint.«

Er hatte mit ihr zu reden versucht, aber sie war nicht ansprechbar gewesen. Tallon hatte angenommen, dass sich diese Rolle ohnehin besser für Pauling eignete.

»Es gibt Kaffee«, fügte er hinzu.

»Lassen Sie mich erst nach ihr sehen«, sagte Pauling.

Tallon wartete. Er konnte Paulings Parfüm riechen. Es war nett. Sauber. Erfrischend. Mit einer Zitrusnote. Pauling sah sogar noch besser aus, als Tallon in Erinnerung gehabt hatte. Er dachte über ihre Vorgeschichte beim FBI nach. Er wusste, dass sie sich um einige prominente Fälle gekümmert hatte, sogar mit einem zu tun gehabt hatte, in dem es um Söldner gegangen war. Die Privatsoldaten waren Typen, von denen Tallon schon mal flüchtig gehört hatte, und wahrscheinlich war ihm der Fall aus diesem Grund im Gedächtnis geblieben. Er erinnerte sich auch daran, dass Reacher in diese Sache involviert gewesen war.

Tallon hatte das Gefühl, dass sich zwischen Reacher und Pauling mehr als nur Detektivarbeit abgespielt hatte. Etwas an der Art, wie sie aussah, wenn Reachers Name erwähnt wurde.

Dieser Gedankengang wurde unterbrochen, als Pauling aus Cassadys Zimmer zurückkam.

»Wir müssen reden«, sagte sie.

Sie setzten sich am Küchentisch gegenüber. Vor Pauling stand ein frischer Kaffee.

»Was haben Sie rausgefunden?«, fragte Tallon. »Haben die Cops was übersehen?«

Er betrachtete Pauling, während sie ihre Antwort formulierte.

»Tod in der Wüste, nicht viel mehr«, sagte sie. »Sie haben alles gefunden, was ihnen möglich war. Es war ja nicht so, als würde ich über eine abgefeuerte Patronenhülse stolpern, die ihnen entgangen ist. Ich wollte nur sehen, wo es passiert ist.«

Sie hatte ein Tablet und öffnete die Kartenapp, tippte ein paarmal mit dem Finger darauf und zeigte sie Tallon.

»Hier ist es passiert«, sagte sie, stellte das Tablet auf den Tisch und drehte es um, damit Tallon es sehen konnte.

Er betrachtete die Karte.

»Wir sind also hier«, sagte er und legte den Finger auf eine Stelle nahe Cassadys Haus.

»Und sie arbeitet hier«, sagte Pauling und zeigte auf Cassadys Bürogebäude.

»Was ist mit dem Ehemann?«, fragte Tallon.

»Er war Fernfahrer. Rio Grande Trucking«, sagte Pauling. Sie wühlte sich durch die Notizen von ihrer ersten Unterhaltung mit Cassady und fand eine Adresse, die sie handschriftlich notierte.

Sie schob sie Tallon über den Tisch hinweg zu.

Er rief sie auf dem Tablet auf und die drei Orte ergaben ein hübsches kleines Dreieck.

»Warum sehen Sie sich Rio Grande Trucking nicht mal an?«, fragte Pauling. »Ich bleibe vorerst hier. Ich mache mir nicht allzu viele Sorgen, dass sie es noch mal bei ihr versuchen.«

Tallon schnappte sich die Adresse und ging zur Tür.

Er fragte sich, ob Pauling einen Teil ihrer fünf Stunden obligatorischen Fernsehens bekommen würde, während er weg war.

Wahrscheinlich nicht.

Genau wie er stand sie auf Action.

Und gerade war er sehr froh, wieder in Aktion zu sein.

39

Tallon mochte den abwechselnden Ansatz. Er hatte schon viele Personenschutzaufträge angenommen. Sie wurden gut bezahlt, waren aber nicht seine Lieblingsaufgabe.

Meistens kam er sich wie ein Babysitter mit einer Knarre vor.

Deswegen war er überglücklich, Pauling bei der Frau zu lassen.

Das Haus war gesichert. Pauling war gut. Er machte sich deswegen keine Sorgen.

Tallon gab die Adresse von Rio Grande Trucking ins Navi seines Handys ein und folgte den Anweisungen nach Westen, aus Albuquerque hinaus. Er fuhr an einer Einkaufsmeile mit einem Megastore, einer Tankstelle und einem Fast-Food-Restaurant vorbei.

Später passierte er einen Mobilheimhandel.

Ihm wurde bewusst, dass er noch nie einen Mobilheimhandel gesehen hatte. Aber natürlich musste es so was geben. Es war ja nicht so, dass die Menschen sie online kauften.

Ein langer Wüstenstreifen folgte, bis er an eine Kreuzung kam, an der sein Navi ihn anwies, abzubiegen.

Er tat es und fand sich vor einer verlassenen Tankstelle wieder. Uraltes Sperrholz war vor den Fenstern befestigt. Die Benzinpumpen waren längst verschwunden, mit Beton aufgefüllt. Überall war Unkraut.

Es machte den Anschein eines Geschäfts, das wenigstens vor zehn oder zwanzig Jahren bankrott gegangen war.

Tallon parkte und betrachtete die geisterhafte Szene vor sich.

Wenn Rio Grande Trucking existierte, dann sicher nicht hier. Auf keinen Fall konnte dieser Ort noch bis vor wenigen Wochen in Betrieb gewesen sein.

Dieses Geschäft war vor langer Zeit aufgegeben worden.

Er schrieb Pauling und bat sie, die Adresse zu bestätigen, was sie tat. Sie sagte sogar, es sei die korrekte Anschrift laut der im Internet veröffentlichten Geschäftsinformation, wovon sie beide wussten, dass das nicht viel bedeutete. Trotzdem, aus irgendeinem Grund stand diese Adresse mit Rio Grande Trucking in Verbindung.

Neugierig geworden stieg Tallon aus seinem Wagen und ging zur Tür. Da gab es ein paar Graffiti, und es schien, als habe jemand erfolglos versucht, die Tür aufzubrechen. Überall lag Müll herum, aber es sah so aus, als wäre der Großteil davon von der örtlichen Nagerpopulation inspiziert und liegengelassen worden.

Tallon ging zur Seite des Gebäudes.

Da war nichts mehr.

Der Unterbau einer kleinen Klimaanlage war noch da, aber das Gerät selbst war entfernt worden, zusammen mit sämtlichen Leitungen und der Elektrik. Alles, was einen Schrottwert besaß, schien mit einem Schneidewerkzeug entfernt worden zu sein, vielleicht mit einer Stichsäge. Die Art, die durch Holz und Metall schneidet.

Nicht gestohlen, nur systematisch entfernt, ohne sich groß darum zu bemühen, irgendwas zu erhalten. Was Tallon verriet, dass es sich vermutlich um einen Bankrott mit Zwangsvollstreckung gehandelt hatte. Die Teile waren wegen des wenigen Geldes abgerissen worden, das die Bank noch dafür bekommen konnte.

Hinter dem Gebäude befand sich ein kleiner Parkplatz, nur ein paar Stellplätze, vermutlich für die Angestellten und vielleicht für das ein oder andere reparierte Auto.

Kein besonders anspruchsvoller Parkplatz. Vielleicht war dieser Mangel an Motivation einer der Gründe gewesen, warum das Geschäft dichtgemacht hatte.

Alle Parkplätze waren leer. Nur gesprungener Asphalt, loses Geröll und Unkraut.

Tallon hatte den Gedanken, dass Rick Simmons bis vor Kurzem hier gearbeitet hatte, rasch verworfen. Hier gab es kein Rio Grande Trucking. Vielleicht waren sie umgezogen. Er dachte daran, Pauling anzurufen und herauszufinden, ob es vielleicht ein anderes Rio Grande Trucking gab. Aber er wusste, dass sie ein Profi war und das schon überprüft hätte.

Er stand da und betrachtete den traurigen Anblick vor sich.

Für eine Spedition war auch alles komplett verkehrt. Man bräuchte eine große Laderampe. Parkplätze für die Sattelschlepper. Klar, hier gab es jede Menge freien Platz, aber nicht von der Sorte, die eine Spedition brauchen konnte, selbst wenn es eine kleine Firma war, zum Beispiel nur mit einem oder zwei Lastwagen. Selbst dann entspräche das hier noch immer nicht den Anforderungen.

Tallon führte seinen Gang ums Gebäude herum fort. Über einer Seitentür entdeckte er eine schwarze Glaskuppel mit Unterbau. Klein, gerade genug Platz für eine Kamera. Wahrscheinlich vom System getrennt und ohne Strom.

Trotzdem war es ein wenig seltsam, dass die Glaskuppel nicht eingeschlagen worden war. Diese Gegend schien die Heimat von mehr als nur ein paar Vandalen zu sein. So ziemlich alles andere war abgerissen worden, zugedeckt oder zerstört zurückgelassen.

Tallon dachte über das Konzept einer Scheinadresse für Rio Grande Trucking nach.

Seiner Erfahrung nach waren falsche Adressen fast genau so wie falsche Namen.

Oft enthielten sie einen Hinweis auf die Wahrheit. Menschen auf der Flucht entschieden sich meistens für eine neue Identität mit denselben Initialen wie denen ihres echten Namens. Aus John Smith wurde Joe Sullivan. So ungefähr.

Vielleicht hatte diese verlassene Tankstelle etwas mit dem Mord an Rick Simmons zu tun.

Dann geschahen zwei Dinge.

Pauling rief an und erklärte, dass man eine andere Straße von der Rio Grande Trucking Adresse aus zu dem Gebiet nehmen konnte, wo man Rick Simmons' Leiche gefunden hatte. Eine Art Abkürzung. Es war nicht nur ein direkter Weg, sondern es bedeutete auch, dass die Entfernung zwischen den beiden Orten weniger als eine Meile betrug. Was Pauling wie ein riesiger Zufall erschien.

Und Tallon auch.

Die andere Sache, die ihm klar wurde, war ein bisschen unmittelbarer.

Tallon bemerkte plötzlich, dass er nicht allein war.

40

»Ich habe eine Frage über Ricks Arbeit«, sagte Pauling.

Cassady lag flach auf dem Rücken im Bett. Ihre Augen waren rotgerändert. Eine Schachtel Kleenex stand neben ihr. Sie hielt ein Kissen in den Armen und drückte es fest an ihren Körper, benutzte es wie einen unzulänglichen Schild.

»Welche?«, fragte Cassady.

»Waren Sie je bei seiner Arbeit? An seinem Arbeitsplatz?«

»Er war LKW-Fahrer«, sagte Cassady. »Er hatte kein Büro. Seine Fahrerkabine war sein Arbeitsplatz.«

Sie schniefte und drückte sich ein zusammengeknülltes Kleenex an die Nase.

»Hat er je davon gesprochen, zum Büro der Firma zu müssen?«, fragte Pauling. »Sie wissen schon, zur Zentrale.«

»Nein.«

»Was ist mit Papieren?«, fragte Pauling. »Die meisten Firmen haben ein physisches Büro, wo sie wenigstens den Papierkram aufbewahren. Hat er je davon gesprochen, dass er Papiere abgeben musste oder eine Fracht abholen? Irgendwas in der Art?«

Cassady schüttelte den Kopf. Ein Anflug von Ärger huschte über ihr Gesicht.

»Was hat das mit dem zu tun, was passiert ist?«, fragte Cassady. Sie klang wütend, und Pauling begriff, dass ein großer Teil dieser Emotion schlicht Erschöpfung und Schock waren. Vermischt mit einer niederschmetternden Depression.

»Warum fragen Sie mich das? Er war ein LKW-Fahrer«, sagte Cassady. »Niemand tut jemandem so etwas an, weil er einen Laster fährt.«

Pauling beschloss, ihr nicht zu sagen, was Tallon herausgefunden hatte. Zumindest noch nicht.

»Ich schätze, ich hab mich nur gefragt, ob er sich je mit einem Vorgesetzten treffen musste. Oder mit einer Sekretärin. Oder einem Dispatcher oder so jemandem. Gab es je einen Grund für ihn, ins physische Büro von Rio Grande Trucking zu gehen?«

»Nein. Nie«, sagte Cassady.

Wie alles andere an diesem Fall war auch das eine Sackgasse. Gab es Rio Grande Trucking überhaupt? Hatte

Rick sich die ganze Sache ausgedacht? Wenn ja, für wen arbeitete er? Und mit wem arbeitete er zusammen?

»Hat er jemals jemanden von der Arbeit erwähnt? Irgendwelche Namen? Irgendwelche Arbeitskollegen?«, fragte sie. Der Klang ihrer Stimme verriet die unglaublich niedrige Wahrscheinlichkeit, eine bestätigende Antwort zu erhalten. Es führte vermutlich zu absolut gar nichts.

Jetzt verwandelte sich die Wut auf Cassadys Gesicht in etwas anderes.

»Sandy«, sagte sie mit viel zu viel Emotion.

»Sandy?«, antwortete Pauling. »Wer ist Sandy?«

Cassady wedelte mit einer Hand, die ein Kleenex gepackt hielt, als ob sie den Gedanken verwarf.

»Ich dachte, sie sei ein Dispatcher oder so«, sagte sie. »Jemand, der tatsächlich einen Grund hatte, mit den Fahrern zu sprechen.«

Pauling bemerkte den Unterton einer Gefühlsregung.

»Rick hat nicht gesagt, wer sie ist?«

»Nein.«

Das passte definitiv nicht zusammen. Pauling beschloss, das Thema zu vertiefen.

»Er hat nur ihren Namen erwähnt? Ohne Zusammenhang?«

Cassadys Mund verschmälerte sich zu einer ernsten, dünnen Linie. Sie wandte sich Pauling zu und ihr Blick klärte sich; ihre Augen leuchteten mit einer Intensität, die vorher nicht da gewesen war.

»Ja«, sagte Cassady. »Im Schlaf.«

41

»Brauchen Sie Hilfe?«

Tallon drehte sich um und entdeckte zwei Männer, die ihn beobachteten.

Sie waren beide auf ihre Art groß. Einer war hochgewachsen, mindestens zwei Meter, mit einem birnenförmigen Körper. Der andere war durchschnittlich groß, aber doppelt so breit wie sein Partner. Seine Schultern waren massiv, seine Arme dick, aber sehr kurz. Ein Ringer, kein Schläger.

Der Große würde derjenige sein, der zuschlug. Er würde aus der Ferne angreifen und dem anderen erlauben, nahe ranzukommen.

Falls es so weit kam.

Sie trugen Jeans, Wanderstiefel und T-Shirts. Der Breite trug eine Baseballmütze. Tallon dachte an den

Ausdruck *Kuhbauer* und daran, wie ausgesprochen zutreffend er hier war.

Der stämmige Kerl war auch derjenige, der gesprochen hatte.

Tallon schob das Handy in seine Vordertasche, da er das Gespräch mit Pauling gerade beendet hatte. Die Männer mussten leise herangefahren sein und hinter Tallons Wagen geparkt haben.

»Sind Sie taub?«

Das war der Große. Er hatte eine hohe Stimme. Kein bisschen einschüchternd. Tatsächlich lächelte Tallon bei ihrem Klang.

Es war, wie von Pee-Wee Herman bedroht zu werden.

Die beiden Männer bewegten sich, vergrößerten den Abstand zwischen einander.

»Dann funktioniert die Kamera also?«, fragte Tallon. Ihm war die kleine Glaskugel aufgefallen und dass sie das Einzige war, das so aussah, als habe es überlebt. Was merkwürdig gewesen war. Wenn man den allgemeinen baufälligen Zustand von allem anderen bedachte. Sein Verdacht war ganz klar bestätigt worden.

Keiner der beiden antwortete.

»Was macht ihr Jungs so? Irgendwo in einem kleinen Büro zusammensitzen und die verlassene Tankstelle genau beobachten?«, fragte Tallon mit einem Lachen.

»Ist euer Leben darauf hinausgelaufen? Ihr müsst echte Stars im Klassenzimmer gewesen sein. Holt ihr euch gegenseitig einen runter, wenn hier einer auftaucht?«

Sein Ton und seine Haltung überraschten sie.

Der Große sah zum Stämmigen hinunter. Eindeutig erwartete er, dass sein kleineres Pendant die Führung übernahm.

Der Stämmige holte einen Teleskopschlagstock hervor und ließ ihn mit einer Drehung seines Handgelenks zu voller Länge aufschnappen.

Tallon lächelte beinahe.

Die Geste war dazu gedacht, ihm Angst einzujagen. Ihn mit Panik zu erfüllen. Ihn vielleicht gehorsam zu machen, damit er tat, was sie verlangten.

Sie hatte den gegenteiligen Effekt.

Aus mehreren Gründen.

Erstens, den Teleskopschlagstock setzte man als Waffe am besten dazu ein, jemand anderes zu entwaffnen. Kräftige Abwärtshiebe, die auf Knochen, Handgelenk oder Finger trafen, dazu gedacht, jemandem eine Waffe aus dem Griff zu schlagen, waren die beste Art, ihn zu benutzen. Dafür war er geschaffen. Viele Möchtegerne wussten das natürlich nicht. Sie versuchten zum Beispiel, jemandem damit eins über den Kopf zu ziehen. Etwas sagte Tallon, dass der Mann vor ihm seine Hausaufgaben nicht gemacht hatte. Tatsächlich hatte er wahrscheinlich noch nie irgendwelche Hausaufgaben gemacht.

Tallon hatte noch keine Waffe gezogen.

Zweitens, ein Teleskopschlagstock bot eine gute Möglichkeit, Abstand von einer möglichen Bedrohung zu halten. Das war ja überhaupt der Hintergrundgedanke für seine Erschaffung. Wenn der Große den Schlagstock hätte, wäre es sogar noch besser. Sehr schwer für Tallon, den Großen mit seinen langen Armen zu treffen, die mit dem Schlagstock eine noch größere Reichweite hätten.

Das Gerät hatte auch einige Nachteile. Es verlangte eine ordentliche Menge an Energie, auszuholen und einen Schlag zu landen. Man konnte ihn zum Stoßen nutzen, aber das war nicht die beste Möglichkeit.

Ihre jetzige Falle würde nur funktionieren, wenn Tallon den Stämmigen mit einer vor sich ausgestreckten Waffe angriffe.

Das würde er nicht tun.

Zuerst nahe an den Kerl mit dem Schlagstock ranzukommen war allerdings der richtige Weg.

»Das wird lustig«, sagte der schlagstockschwingende Mann.

Und dann traten sie in Aktion.

Der Große näherte sich zuerst und seine Bewegung offenbarte ihren Plan. Der Große würde mit einem

Hieb aus der Ferne angreifen und der Stämmige würde mit dem Schlagstock auf Tallon einprügeln, während der mit dem großen Kerl kämpfte.

Tallon reagierte augenblicklich.

Er warf sich auf den Stämmigen, der versuchte, den Schlagstock zu einem mächtigen, ausladenden Schlag zurückzuziehen. Die falsche Entscheidung, und er war sowohl zu langsam als auch viel zu spät.

Tallons direkter Tritt erwischte ihn im Solarplexus und der Mann schien vorübergehend in der Luft zu schweben, da die Kraft und die Heimtücke des Treffers ihn benommen machten und nach Luft schnappen ließen.

Die Ausholbewegung des Schlagstocks wurde unterbrochen und der Oberkörper des Stämmigen kippte vorwärts. Tallons Schwung trug ihn weiter und er landete eine direkte Rechte mitten ins Gesicht des Mannes, die ihm die Nase zerquetschte und den Knorpel rückwärts nach oben schob, direkt in den Frontallappen des Gehirns des Mannes.

Er flog nach hinten, fiel auf den Rücken und sein Schädel gab ein lautes, krachendes Geräusch von sich, als er auf dem Asphalt aufkam.

Der Schlagstock flog dem Mann aus der Hand und Tallon fing ihn mit rechts auf, noch in der Bewegung des mächtigen Schlags, den er gerade ausgeteilt hatte.

Er machte auf der Stelle kehrt, drehte die Hüfte und schwang den Schlagstock.

Der große Mann kam noch auf ihn zu – es war zu spät, den Kurs zu ändern – und der Schlagstock traf ihn am Hals. Die Kugel am Ende bohrte sich in die Wirbelsäulennerven des Großen. Seine Augen rollten bis aufs Weiße herum und sein Körper erzitterte, als wäre er auf eine Leitung unter Strom getreten.

Tallon zog den Schlagstock zurück und drehte ihn in die andere Richtung, eine Rückhand in einem kurzen Bogen, der an der Schläfe des Großen endete.

Es war ein heftiger Treffer und der Mann schwankte, als überprüfe er seine Schnürsenkel, dann fiel er mit dem Gesicht zuerst auf den Asphalt.

In manchen Staaten, das wusste Tallon, wurde das Schlagen des Kopfbereichs mit einem Teleskopschlagstock vor Gericht als tödliche Gewalt gewertet.

Tja dann.

Selbstverteidigung war etwas Tolles.

Tallon benutzte sein Shirt, um den Griff des Schlagstocks abzuwischen, dann warf er ihn weit weg auf den Parkplatz, wo er in einen Unkrautbusch rollte.

Der ganze Vorgang hatte weniger als dreißig Sekunden gedauert und in der Zwischenzeit war niemand sonst an dem Gebiet vorübergefahren.

Tallon näherte sich dem Stämmigen und legte dem Mann die Finger an den Hals.

Er war tot.

Tallon erleichterte den Mann um seinen Geldbeutel und ging zu dessen Partner, der eindeutig noch atmete. Tallon nahm auch seinen Geldbeutel. Er ging zu seinem Wagen und bemerkte, dass seine Widersacher in einem Crown Vic gekommen waren.

Hatten laut Pauling nicht die Männer so einen gefahren, die versucht hatten, sich Cassady zu schnappen?

Tallon stieg in seinen Wagen und fuhr davon.

42

Cassady war keine Hilfe mehr.

Das begriff Pauling.

Der Zeitpunkt, an dem ein Zeuge oder Familienmitglied nichts Bedeutendes zu einer Ermittlung mehr beitragen konnte, kam immer. Sämtliche Informationen waren ihnen abgerungen worden. Neue Erkenntnisse gäbe es nur durch brandneue Fragen. Doch die müssten später folgen, wenn neue Informationen eintrafen, die diese neuen Fragen auslösten.

Wenn die Person also keine Quelle mehr war und sich außerdem in Gefahr befand, gab es zwei Vorgehensweisen.

Erstens, sie als Köder zu benutzen.

Zweitens, sie in ein sicheres Versteck zu bringen.

Pauling hatte ein Hotelzimmer. Es würde nur als sicheres Versteck gelten, wenn sie oder Tallon auch dort wären. Es bot nicht den nötigen Schutz, um Cassady dort allein unterzubringen. Sie also im Hotel zu bewachen, war nichts anderes, als sie im Haus zu bewachen. Wenn die Bösen wussten, dass sie hierherkommen mussten, dann konnten sie vermutlich auch herausfinden, wo sich Pauling aufhielt.

Cassady als Köder zu benutzen war andererseits keine schlechte Idee. Eine altbewährte Technik. Manchmal wurde der Köder allerdings getötet.

Außerdem hatten sie versucht, Cassady mitzunehmen, und waren gescheitert. Die Wahrscheinlichkeit, dass sie es noch mal versuchten, war gering. Sicher, möglicherweise könnten sie eine große Truppe zusammenstellen, aber Pauling glaubte nicht daran. Besonders nicht, nachdem die Bösen jetzt wussten, dass Cassady bewacht wurde.

Was Pauling außerdem daran hasste, ihren Klienten als Köder zu benutzen, war der passive Ansatz. Sie hasste es, einen passiven Ermittlungsansatz anzunehmen. Für sie war das immer die letzte Option, nur dann zu wählen, wenn sie alle anderen Möglichkeiten ausgeschöpft hatte. Aktiv zu sein war entscheidend. Vorzustoßen, immer das Voranschreiten anzustreben.

Klar, manchmal musste man das Geduldspiel spielen. Aber nicht diesmal. Zumindest nicht jetzt.

Sie, Pauling, war eine sehr gute Ermittlerin, auch wenn sie das selbst behauptete. Tallon auch. Einen von ihnen als Bodyguard einzusetzen war eine Fehlaufteilung ihrer Ressourcen, wie es beim FBI hieß.

Nein, sie musste den Fall aktiv aufklären.

Eine dritte Person dazu zu holen war ein Luxus, den sie sich nicht leisten konnte. Es war immer möglich; Pauling hatte Teams mit Dutzenden Mitgliedern geleitet. Aber in diesem Fall war sie nur wegen Reacher hier. Oder wegen seines Namens, genauer gesagt. Hätte der nicht vorn auf diesem Umschlag gestanden, hätte sie Cassady Simmons und ihre Notlage ignoriert.

Stattdessen war sie hergekommen, in der Hoffnung, Reacher zu treffen.

Und jetzt arbeitete sie pro bono an einem Fall. Was eine hochtrabende Art war, zu sagen, dass sie umsonst arbeitete.

Was wiederum bedeutete, dass sie die Sache abschließen musste, aber wie so oft war das leichter gesagt als getan.

Tallon unterbrach ihren Gedankengang mit einer SMS, in der stand, dass er da war und jetzt das Haus betreten würde. Das ließ er sie wissen, damit seine Ankunft niemanden erschreckte. Namentlich Cassady.

Pauling ging zur Tür und öffnete ihm.

»Wie geht es ihr?«, fragte er.

»Sie schläft«, antwortete Pauling und nickte in Richtung der geschlossenen Tür von Cassadys Schlafzimmer.

»Diese Typen hier auch«, sagte Tallon und reichte ihr zwei Geldbeutel.

Pauling nahm sie und warf einen Blick auf die Ausweise.

»Was ist passiert?«

Pauling hörte zu, während Tallon ihr detailliert vom Vorfall bei der verlassenen Tankstelle berichtete. Besonders interessant fand sie, dass der Ort unter Beobachtung stand und dass die beiden Männer einen Crown Vic fuhren.

»Man hat also nicht nur eine falsche Adresse für Rio Grande Trucking veröffentlicht, sondern auch vermutet, dass irgendwann mal jemand vorbeikommen würde, um danach zu suchen. Deswegen die Kamera«, sagte Pauling.

»Was bedeutet, dass der Plan nicht auf besonders lange Zeit ausgelegt war«, sagte Tallon.

»Da ist was dran«, meinte Pauling. In einem langfristigen Spiel hätte man dafür gesorgt, dass niemand je nachsehen käme. Als sie eine Kamera anbrachten, hatten sie im Prinzip eingeplant, dass jemand Nachforschungen anstellen würde. Was bedeutete, dass sie mit einem beschränkten Zeitplan arbeiteten.

»Ich hab einen von ihnen getötet, nur damit Sie es wissen«, sagte Tallon.

Er sagte es mit ungefähr so viel Emotion, wie jemand erklärt, dass noch Reste im Kühlschrank sind.

»War der andere mobil?«, fragte Pauling.

»Nicht sofort«, antwortete er. »Aber er ist mittlerweile wahrscheinlich aufgewacht.«

»Die werden nicht zur Polizei gehen«, sagte Pauling. »Sie haben die Kamera, also haben sie alles beobachtet. Haben wahrscheinlich ein Aufräumteam geschickt, sobald Sie weg waren.«

Sie fand den Mangel an Reaktion in Tallons Miene interessant. Das war etwas, dass er und Reacher gemein hatten. Sie suchten nie nach Ärger, aber wenn jemand sie angriff, dann machte es ihnen nichts aus, einen hohen Einsatz zu bringen.

»Schauen wir mal, was ich über diese Namen rausfinden kann«, sagte Pauling. Sie trug die Geldbeutel zu ihrem Computer und verbrachte einige Minuten damit, einen Fernzugriff auf ihre Datenbanken herzustellen.

»Wer die auch waren, es war auf keinen Fall das beste Team«, sagte Tallon. »Eher ein drittklassiges Team.«

»Vermutlich Helfer von hier«, sagte Pauling. »Günstig angeheuert.«

»Und übermütig. Ihre Geldbeutel zu einer Schlägerei mitzubringen.«

Pauling sah die Informationen durch, die ihre Programme eingeholt hatten. »Ja«, sagte sie. »Von hier. Kleines Vorstrafenregister. Kein Hinweis auf eine feste Arbeit. Freischaffende Schläger.«

»Man kriegt, was man bezahlt.«

Pauling klappte den Laptop zu und sah Tallon an.

Er zog eine Augenbraue hoch.

»Sie sehen aus, als hätten Sie einen Plan«, sagte er.

»Hab ich auch«, antwortete sie. »Wir werden Folgendes machen …«

43

»Mr. Walker, Brooks ist leider tot«, sagte der große Mann.

Der kahlköpfige Mann mit den hervorstehenden Adern verzog keine Miene. Sie standen in dem unterirdischen Raum, demjenigen mit dem Fenster zur Kammer, in der die Experimente stattfanden. Dort saß eine Person in Fesseln, deren Haut sich größtenteils aufgelöst hatte. Blut war auf dem Boden verspritzt.

»Ich weiß, dass Brooks tot ist«, sagte Walker. »Ich habe beobachtet, wie er starb.«

Walker hatte dafür gesorgt, dass eine Überwachungskamera bei der Tankstelle angebracht wurde, nur für den Fall, dass jemand sich nach Rick Simmons' Verschwinden wegen Rio Grande Trucking umsehen würde. Die Welt war voller Menschen, die Fragen stellten. Das Problem war, dass sie meistens die falschen Fragen stellten.

»Dann haben Sie alles gesehen?«, erwiderte der große Mann. Seine hohe Stimme erschien seinem Boss piepsig. Walker fand, dass der große Mann wie eine Maus klang. Eine zu groß geratene Maus.

»Natürlich«, sagte Walker. »Die Freude darüber, zu sehen, wie ihr beiden Idioten eure Hintern versohlt bekamt, wurde von der Erkenntnis negiert, wie massiv ich euch überbezahlt habe.«

Eine Ader an der Seite von Walkers Kopf pulsierte, und der große Mann wusste, dass das ein schlechtes Zeichen war.

»Ich hab Brooks' Leiche im Auto. Wollen Sie, dass ich sie in den Verbrennungsofen werfe?«

Walker schüttelte den Kopf.

»Noch nicht. Hol erst den da«, sagte er und nickte in Richtung der toten Testperson in der Kammer. »Wirf sie beide zusammen rein und triff mich dann oben in der Kommandozentrale. Wir müssen einige Schritte unternehmen, und zwar schnell.«

Die Vergebung seines Bosses gab dem großen Mann Auftrieb. Er öffnete die Tür zur Kammer und ging zum Stuhl. Er fragte sich, ob er Schutzkleidung anlegen sollte, hatte aber Angst, die Frage laut zu stellen.

Hinter sich hörte er die Tür zuschlagen und den schweren Schließmechanismus einrasten.

Über sich hörte er, wie sich das Plätschern einer Flüssigkeit auf den Duschkopf zubewegte.

»Nein!«, schrie er.

Er rannte zur Tür zurück und warf sich dagegen, aber er wusste aus erster Hand, dass sie unüberwindbar war. Er hatte viele bedauernswerte Seelen das Gleiche tun sehen.

Die Flüssigkeit ergoss sich aus dem Duschkopf und wurde in einem Dreihundertsechziggradwinkel versprüht. Sie spritzte ihm aufs Gesicht und die Hände und entfachte einen brennenden Schmerz, wie er ihn noch nie zuvor verspürt hatte.

Von der anderen Seite der Scheibe aus beobachtete Walker, wie der große Mann ihn anschrie.

Er lächelte.

»Und wieder stirbt eine Maus im Namen der Wissenschaft.«

44

Chicago. Dort setzte Paulings Plan an.

Sie hatte eine Freundin, eine Krankenschwester, die auf Geburtshilfe spezialisiert war. Pauling wusste, dass sie Cassady dort sicher unterbringen konnte.

Pauling hatte langjährige Erfahrung mit Ermittlungen und hatte während dieser Zeit einen sechsten Sinn dafür entwickelt, wann es notwendig war, sich die Hände schmutzig zu machen.

Jetzt war es soweit.

Nur um sicherzugehen, buchte sie Cassady einen Flug von Phoenix statt von Albuquerque aus, falls jemand den Flughafen beobachtete. Wer wusste das schon? Jemand hatte eine Kamera an einer verlassenen Tankstelle angebracht. Ein am Flughafen postierter Beobachter war nicht ausgeschlossen.

Pauling war aber zuversichtlich, dass sie Phoenix nicht überwachen würden.

»Warum muss ich noch gleich weggehen?«, fragte Cassady. Sie saß mit hängenden Schultern auf ihrem Bettrand.

»Es wird nicht für lange sein«, versicherte Pauling. »Wahrscheinlich nur für ein paar Tage, bis wir die Sache geklärt haben.«

»Was ist mit meiner Arbeit?«

»Sie werden sich krankmelden. Verfügen Sie über Krankentage?«

Cassady nickte.

»Okay, dann machen wir es so.«

Pauling umarmte Cassady und reichte ihr einen Umschlag. »Da drin sind dreitausend Dollar in bar. Nehmen Sie es an sich. Es gehört Ihnen. Machen Sie sich keine Gedanken darüber.«

»Aber was ist mit der Polizei? Die haben gesagt, ich muss ihnen Bescheid geben, wenn ich vorhabe, zu verreisen.«

»Ich muss sowieso mit ihnen sprechen«, sagte Pauling. »Ich werde sie wissen lassen, dass Sie für eine Weile fortgegangen sind, dass Sie aber in ein paar Tagen zurückkommen. Das wird kein Problem sein.«

»Okay«, sagte Cassady.

Sie sah sich im Haus um und Pauling wusste, was sie dachte. Dass dies ihr Zuhause gewesen war. Wo sie geglaubt hatte, eine Familie zu gründen.

Stattdessen war sie allein zurückgeblieben.

»Vergewissern Sie sich, dass sie sicher ins Flugzeug steigt«, sagte Pauling zu Tallon.

»Alles klar.«

Tallon und Cassady brachen auf und Pauling dachte über die örtliche Polizei nach. Darüber, wie genau sie die Sache angehen würde. Sie hatte Cassady gesagt, dass sie sich darum kümmern würde.

Das war größtenteils wahr.

Sie wusste nur noch nicht, *wann* sie Cassadys Aufenthaltsort bekannt geben würde.

Pauling schloss Cassadys Haus ab und fuhr zu ihrem Hotelzimmer, duschte, zog sich um und überdachte ihre nächsten Schritte.

Tallon würde zurückkommen, sobald Cassady sicher im Flieger saß.

In der Zwischenzeit plante sie, sich eingehender mit den Ausweisen der Männer zu befassen, mit denen Tallon bei der verlassenen Tankstelle zu tun gehabt hatte. Sie hatte die Grundlagen bereits durch ihre Softwareprogramme gejagt, wartete aber noch auf Informationen von einem ihrer inoffiziellen Kanäle. Von der Sorte, die nicht im normalen Internetverkehr auftauchte und daher nicht zurückverfolgt werden konnte.

In ihrem Posteingang wartete eine Nachricht, die ihr verriet, dass die Information eingetroffen war. Während sie sie überflog, stellte Pauling fest, dass sie hauptsächlich das enthielt, was sie schon in Erfahrung gebracht hatte.

Mit einer Ausnahme.

Arbeitsplatz.

Ihre ursprünglichen Nachforschungen hatten ergeben, dass beide Männer ohne Anstellung waren. Doch diese Datenbank, eine Hintertür zur IRS, verfolgte Zahlungen an beide Männer von einer Organisation namens S & S Security.

Was Pauling wirklich ins Auge stach, war jedoch die mit S & S Security verbundene Adresse. Sie war dieselbe wie von Rio Grande Trucking, von der Pauling bereits wusste, dass es eine verlassene Tankstelle westlich der Stadt war.

Reacher, in was hast du mich da reingezogen?, fragte sich Pauling. *Oder genauer, in was war Rick Simmons verwickelt gewesen? Warum er?*

Sie stand auf und begann auf und ab zu gehen. Manchmal konnte sie besser nachdenken, wenn sie in Bewegung war.

Was würde Reacher tun? Er würde die verschiedenen Ansätze überprüfen. Darüber nachdenken, wer etwas zu gewinnen hatte. Es gab immer Gemeinsamkeiten. Motivationsgrundpfeiler an der Wurzel des meisten Bösen, das die Menschen taten.

Bis jetzt war es Pauling nicht möglich gewesen, herauszufinden, wer es auf Rick Simmons abgesehen haben könnte. Und auf seine Frau.

Sie hatten keine finanziellen Probleme.

Keine außerehelichen Affären.

Außer einer mysteriösen Arbeitskollegin namens Sandy, deren Name in der Nacht geflüstert worden war. Kein großer Anhaltspunkt. Auf keinen Fall genug, um es den Cops zu melden.

Und außerdem war Cassady schwanger.

Je mehr sie darüber nachdachte, desto überzeugter wurde sie, dass Rick der Schlüssel zu allem war. Cassady war nur eine Ablenkung. Oder vielleicht eine Absicherung.

Ricks Geschichte war mit Rio Grande Trucking verwoben, das sich eine Adresse mit zwei Schlägern in einem Crown Vic teilte.

Paulings Gedanken kehrten zu Sandy zurück.

Wie könnte sie die Frau finden, wenn sie nicht einmal die Firma selbst fand? Pauling ging auf und ab und dachte nach. Sie neigte den Kopf von einer Seite zur anderen. Sie wünschte, Jack Reacher wäre hier, um eine physische Ablenkung zu bieten.

Aber das war er nicht.

Eine Option wäre es, jede Spedition in Albuquerque anzurufen und nach Sandy zu fragen. Zu sehen, ob jemand bejahte. Und was dann? Sandy fragen, ob sie einen Rick Simmons kannte, der ihren Namen im Schlaf erwähnt haben könnte? Sandy wüsste vermutlich, dass Rick vermisst wurde. Oder vielleicht hatte sie mit der Sache zu tun.

Es war ein furchtbarer Plan, aber mehr hatte sie nicht. Daher verbrachte Pauling die folgenden drei Stunden damit, jede Speditionsfirma in der Gegend um Albuquerque anzurufen.

Es gab niemanden namens Sandy.

Sie ging zum Café des Hotels hinunter und bestellte sich einen Kaffee. Sie war versucht, aus lauter Frust einen Brownie dazu zu bestellen, entschied sich aber dagegen.

Ohne Sandy war nur noch Reacher an diesem Fall auffällig. Warum war sein Name verwendet worden? Wer hatte ihn auf den Umschlag geschrieben? Warum war er zu ihr geschickt worden?

Was wusste sie über Reacher, das sie auf diesen Fall anwenden konnte?

Er war früher bei der Army gewesen. Ein Militärpolizist, der viele Mordermittlungen geleitet hatte. Er war ein zäher Kerl, der es hasste, Ungerechtigkeit zu sehen. Der dazu neigte, für diejenigen einzutreten, die schikaniert wurden.

Alles an Reacher schrie *Ex-Militär*.

Aus irgendeinem Grund fand das Wort *Militär* Nachhall bei Pauling.

Sie verspürte etwas, das einer Vibration gleichkam.

Das Militär.

Inwiefern hingen das Militär und Albuquerque zusammen? Was würde Reacher hier draußen ins Spiel bringen?

Plötzlich fiel Pauling die Kinnlade herunter.

»Oh mein Gott«, sagte sie laut. Viel lauter als gedacht, denn mehrere Menschen im Hotelcafé drehten sich zu ihr um.

Sie sprang auf und wählte auf dem Weg zu ihrem Zimmer Tallons Nummer auf ihrem Handy.

Warum habe ich das nicht früher gesehen?

Plötzlich wusste sie *genau*, wer Sandy war.

45

»Wollen Sie uns vielleicht mitteilen, was zur Hölle los ist?«, wandte sich der Mann mit dem schütteren blonden Haar und dem rötlichen Teint an Agent Hess. Sie befanden sich in einem Konferenzraum des FBI-Büros von Albuquerque. Ostertag saß am Kopfende des Tischs. Rechts von ihm saß ein älterer Mann mit perfekt gekämmten grauen Haaren. Links von ihm ein hispanischer Mann mit einer dicken, schwarzgerahmten Brille.

Hess saß am anderen Ende des Tischs.

»Ich kann Ihnen einen Teil von dem, was wir wissen, erzählen«, antwortete sie. »Aber es gibt einen Grund, warum wir in DC an Ihrer Stelle alarmiert wurden.«

»Ja, das hab ich mir gedacht«, sagte Ostertag mit von Sarkasmus triefender Stimme. »Ich bekomme einen

Anruf, dass ein Spitzenagent vom Hauptquartier hierherkommt und ich ein Team zusammenstellen muss. Kein Hinweis, worum es geht. Wissen Sie, wir haben hier unseren eigenen Kram, um den wir uns kümmern müssen. Wir haben einen riesigen Ring von Meth-Dealern. Ein Truck voller illegaler Immigranten wurde gestern entdeckt. Sie waren alle tot. Neun Leichen, die in der Wüste brutzelten wie Fleisch im Ofen.«

Er stieß langsam den Atem aus.

»Mir sind Ihre derzeitigen Verpflichtungen bewusst«, sagte sie. »Ich wurde strikt angewiesen, sicherzustellen, dass der Grund, warum ich heute hier bin, die höchste Dringlichkeitsstufe erhält.«

Ostertag rollte mit den Augen. Er war ein ungeduldiger Mann, das konnte Hess erkennen. »Natürlich. Darum sind wir hier.«

»Es beginnt mit einem Mann namens Rick Simmons«, sagte Hess.

Ostertag schüttelte den Kopf und sah die beiden anderen Männer im Zimmer an. Sie schenkten ihm ausdruckslose Blicke.

»Noch nie gehört«, sagte Ostertag.

»Tja, Sie werden auch nichts hören«, sagte Hess. »Weil er tot ist. Gestern in der Wüste ermordet.«

»Okay«, sagte Ostertag.

»Er war Fernfahrer und arbeitete für eine Firma namens Rio Grande Trucking.«

Ostertags genervte Haltung verschwand augenblicklich.

»Oh Scheiße«, sagte er.

Hess lächelte ihn an. »Ganz genau.«

46

»Sandia«, sagte Pauling zu Tallon. »Wie in *Sandia Nuclear Laboratories*.«

»Die Atom-Typen? Was ist mit denen?«, antwortete er.

Pauling berichtete ihm von der Unterhaltung, die sie mit Cassady geführt hatte. Derjenigen, in der sie erzählt hatte, dass Rick Simmons im Schlaf von *Sandy* gesprochen hatte.

»Das ist alles?«, entgegnete er. »Sie glauben, nur weil er ein LKW-Fahrer war und eine Sandy erwähnte, hatte er was mit den Atomwaffen zu tun?«

»Rick Simmons sprach nicht über irgendeine geheimnisvolle Sandy«, sagte Pauling. »Er sprach von Sandia. Seinem wahren Arbeitgeber.«

»Sandia beschäftigt LKW-Fahrer? Ich dachte, die bauen Atomraketen. Sind ein paar Wissenschaftsnerds und so.«

»Sie machen beides.«

Sie saßen an einem Tisch im Café von Paulings Hotel. Tallon war zurückgekehrt, nachdem er Cassady ohne Zwischenfall abgesetzt hatte. Er war hungrig und hatte sich zwei mit Schinken und Käse belegte Croissants und schwarzen Kaffee bestellt.

»Nichts geht über in der Mikrowelle erhitzte Backwaren«, sagte er, als sie gebracht wurden. Er hatte beide Croissants in kürzester Zeit verschlungen, nachdem er Pauling eines davon angeboten hatte. Sie hatte abgelehnt.

Pauling fand, dass er ungeduldig wirkte. Babysitten gefiel ihm anscheinend auch nicht besonders.

»Was meinen Sie mit *beides*? Sie machen den ganzen Wissenschaftskram und karren das Zeug auch noch durchs Land? Das kommt mir gefährlich vor.«

»Deswegen machen sie es selbst«, erklärte Pauling.

»Aus Sicherheitsgründen.«

»Genau. So eine Fracht können sie keinem Subunternehmer überlassen. Können Sie sich den öffentlichen Aufschrei vorstellen, wenn bekannt würde, dass eine x-beliebige Speditionsfirma nukleares Material transportiert? Der Kerl macht vielleicht eine Pause an einer Raststätte, nimmt sich eine Prostituierte und stirbt. Die Nutte fährt mit einer Wagenladung Atomwaffen davon.«

»Ja, das wäre nicht gut«, sagte Tallon. »Nutten und Nuklearsprengköpfe sind eine schlechte Kombination. Glauben Sie mir.« Er lächelte Pauling an.

»Was wissen Sie über Sandia?«, fragte sie.

»Nur, dass sie Atomkram herstellen. Hängt mit dem Manhattan Project zusammen, richtig? Sie spielten eine Rolle in der Entwicklung der Atombombe?«

»Ja, so ungefähr«, sagte Pauling. Sie lehnte sich in ihrem Stuhl zurück und musterte Tallon. »Ich erzähle Ihnen, was ich weiß. Es ist nicht alles, aber für unsere Zwecke reicht es. Sandia National Laboratories wurde kurz nach dem Los Alamos Labor errichtet. Los Alamos – wo sie die Bombe gebaut hatten – brauchte einen Ort, wo man nicht-nukleare Komponenten zur Unterstützung ihrer Arbeit herstellen konnte. Es wurde entschieden, beides getrennt zu halten. Und so wurde Sandia geboren. Irgendwann wurden auch sie in nukleare Verfahren verwickelt, alles zur Unterstützung von Los Alamos.«

»Sie wollen also sagen, dass Sandia eine falsche Adresse hat? Und eine Kamera? Dass die Schläger von der Regierung kommen?«, fragte Tallon. Er leerte den Rest seines Kaffees, warf Pauling einen Blick zu. Sie war aufgekratzt. Das hier war ein Fortschritt.

Pauling schüttelte den Kopf. »Nein. Sandia spielt nicht in der Provinzliga. Die Tankstelle, die Typen, mit denen

Sie zu tun hatten, das alles schreit förmlich *ortsansässig*. Jemand von hier hat die Adresse fingiert. Sandia hat vermutlich noch nie von Rio Grande Trucking gehört. Dieser ganze Rick-Simmons-Ansatz hat die vermutlich auch überrascht. Sie spielen eine wichtige Rolle beim Militär. So ist Jack Reacher vermutlich in all das verwickelt.«

»Ja, was soll die Sache mit Reacher?«, fragte Tallon. »Was ist mit ihm? Wo steckt er?«

»Das frage ich mich auch«, entgegnete Pauling. »Jetzt weiß ich wenigstens, wie er damit in Berührung kam. Das ist genau die Art von Geschichte, in die er sich verwickeln lassen würde. Aber fürs Erste müssen wir unter der Annahme weitermachen, dass Rick Simmons für Sandia fuhr. Und er wurde getötet. Und wer immer ihn getötet hat, wollte was von Cassady.«

»Aber was? Das ist die große Frage«, sagte Tallon. »Es ist ja nicht so, als ob Cassady Simmons mit nuklearen Codes rumlaufen würde.«

»Nein, das ist nicht die große Frage«, antwortete Pauling.

»Was dann?«

Sie seufzte. »Wo in aller Welt ist Rick Simmons' Lastwagen?«

47

»Dann ist dieser Rick Simmons also tot?«, fragte Ostertag.

»Das ist korrekt«, erwiderte Hess. »In der Wüste erschossen. Und verscharrt. Obwohl man beim Töten gründlich war, war man beim Verscharren nicht so akribisch. Ein Kojote grub ihn aus und dann entdeckte ein Flugzeug die Leiche in der Wüste.«

»Was ist mit dem LKW?«

»Nun, da wird es interessant. Was wissen Sie über die Lastwagen, die für den Transport von radioaktivem Material im Einsatz sind?«

Ostertag sah sich im Zimmer um. Niemand gab sein mangelndes Wissen freiwillig zu. »Ich weiß ein wenig darüber. Es gibt verschiedene Produktionsstätten für die Bomben und dann müssen sie ausgeliefert werden.

Normalerweise an Stützpunkte der Air Force. Ich habe gehört, dass diese Lastwagen bewaffnete Wachen und dergleichen haben. War das nicht der Fall?«

Hess lächelte ihn an. »Sehr gut. Diese Lastwagen verfügen allerdings meistens über weit bessere Sicherheitsvorkehrungen als nur bewaffnete Wachen. Üblicherweise befindet sich ein zusätzlicher bewaffneter Wachmann beim Fahrer in der Kabine, der selbst auch eine Waffe hat. Normalerweise folgt ihnen ein Fahrzeug. Wenn es eine wirklich große Lieferung ist, dann können ihnen auch Fahrzeuge vorausfahren. Aber das ist noch nicht alles. Der LKW selbst, auch wenn er wie ein normaler Sattelschlepper aussieht, ist voll mit elektronischer Ausrüstung. Satellitenbasierte GPS-Geräte. Ferngesteuerte Lenkkontrolle.«

»Wie um alles in der Welt konnte dann …?«, fragte einer der Agenten.

»Zusätzlich sind kleine Sprengladungen an den Reifen angebracht«, sagte Hess. »Sollte der Fahrer es für notwendig halten, kann er buchstäblich die Reifen vom Fahrzeug sprengen und es vollkommen unbeweglich machen.«

»Was ist dann mit den Peilsendern?«, wollte Ostertag wissen. »Wenn des vorgesehen war, all das zu umgehen, sollten wir genau wissen, wo der LKW ist.«

»Sandias internes Sicherheitsteam weiß auch nicht, was passiert ist. Aber sie sind kooperativ«, sagte Hess. »Sie haben uns informiert.«

»Die örtliche Polizei?«, fragte ein Agent.

»Auch kooperativ«, sagte Hess. »Wir wussten bereits, dass Rick Simmons verschwunden war, und sobald sie den Anruf erhielten, schalteten wir uns ein. Keine Probleme an der Stelle. Sie wissen alles über Sandia und Los Alamos. Sie wissen, was Sache ist. Da gibt es kein Gezanke über Zuständigkeiten. Das einzige Problem sind mangelnde Beweise. Bisher hat niemand was in der Hand.«

»Was machen wir also jetzt?«, fragte Ostertag.

»Wir müssen rund um die Uhr an der Sache arbeiten. Rick Simmons hatte eine Ehefrau, Cassady Simmons, die es irgendwie schaffte, eine Privatdetektivin anzuheuern, bevor wir uns einschalteten. Jemand muss sich darum kümmern«, sagte Hess. »Ostertag, Sie und Ihr Team müssen sich auch um die lokalen Ermittlungsansätze kümmern. Jeder hier kennt jemanden, der mit der Militärindustrie nördlich und westlich von hier zu tun hat. Die Frage lautet nicht unbedingt, wer das Material entwendet haben könnte. Sie lautet eher, wer die Informationen und die Fähigkeit besitzen könnte, überhaupt damit umzugehen. Wir haben es hier nicht mit ein paar MS-13-Gangmitgliedern zu tun. Man muss zumindest über ein bestimmtes Grundwissen verfügen, um zu verstehen, womit man es zu tun hat. Sehen Sie zu, was Sie herausfinden können.«

»Ich habe immer noch ein Problem damit, zu verstehen, wie ein Sattelschlepper voller Atomwaffen einfach so verschwinden konnte«, sagte Ostertag.

Es war eine offensichtliche Frage und Hess zögerte, zu spekulieren, aber eine befriedigende Antwort würde dem Team helfen, sich zu konzentrieren.

»Vermutlich gab es Mithilfe aus dem Team. Vielleicht vom Fahrer. Vielleicht von anderen. Im Grunde ist es unmöglich, einen Atomtransporter zu stehlen. Das kann nur mit der Hilfe von innen passiert sein. Die Frage ist, warum? Was war die Motivation dahinter, einen Lastwagen voller Atomwaffen zu stehlen?«

Einer der jüngeren Agenten am Tisch räusperte sich. »Ich bin sicher, dass sich andere hier dasselbe fragen. Aber ich muss die Frage stellen, nur damit ich weiß, von was für einer Art von Bedrohung wir hier sprechen.« Er warf einen Blick auf den Notizblock vor sich, als fürchte er sich, zu fragen, während er direkten Augenkontakt mit Hess hatte. »Was für eine Art Sprengladung hatte Simmons in seinem LKW?«

Die Direktheit der Frage ließ Ostertag fast zusammenzucken.

Er betrachtete seine Teammitglieder, die auch alle plötzlich die Notizblöcke vor sich studierten.

Schließlich sah er zu Hess.

Sie zuckte mit den Schultern und antwortete in einem beiläufig informativen Tonfall. »Eine mit genug Power, um den Großteil Kaliforniens auszulöschen.«

48

»Ich kannte mal jemanden beim Militär, der einen Atomtransport fuhr. Er war knallhart. Hat mir alles über das Fahrzeug erzählt«, sagte Tallon.

Pauling und er parkten eine halbe Meile vom Eingang zum Sandia-Labor entfernt. Näher, als bis zu einer riesigen Tankstelle, die kaum in Sichtweite des Eingangs zum Komplex lag, kamen sie nicht heran. Sie hatten Wasser und Snacks kaufen müssen, um zu rechtfertigen, dass sie auf dem Parkplatz blieben. Es würde nicht lange dauern, bis sie auffallen würden.

»Ja. Ich hab diese Dinger recherchiert. Die sind wie Fort Knox auf Rädern«, sagte Pauling. »Sie sehen wie Zivilfahrzeuge aus, aber sie sind zu hundert Prozent Militärqualität. Mit sämtlichen Verteidigungssystemen, inklusive mit Sprengsätzen verkabelter Achsen, um die

Reifen abzusprengen, damit niemand damit wegfahren kann.«

»Hat anscheinend nicht funktioniert«, sagte Tallon.

»Rick Simmons war aber kein Ex-Soldat«, betonte Pauling. »Oder zumindest hat er seiner Frau nichts davon erzählt. Vielleicht hat er gelogen und einige Zeit in der Army gedient. Vielleicht kam Reacher so ins Spiel.«

»Vielleicht«, stimmte Tallon zu. »Wie viele Fahrer beschäftigt Sandia?«

»Ich weiß es nicht«, sagte Pauling. »Wahrscheinlich nicht so viele. Aber Sandia ist nur eine einzelne Einrichtung innerhalb des gesamten Atomprogramms. Es gibt vermutlich ein Dutzend Lastwagenflotten, die überall nukleares Material durch die Vereinigten Staaten fahren. Von Fabriken zu Militärstützpunkten zu Atommüllanlagen.«

»Aber darauf will ich hinaus«, sagte Tallon. »Mehrere Beförderer. Mehrere Standorte, richtig? Eine Flotte von hunderten Lastwagen? Das bedeutet, dass es hunderte Fahrer und allerlei Personal gibt. Es ist nicht so, als wäre Rick Simmons der einzige Verantwortliche für diese Sattelschlepper.«

»Nein, da haben Sie sicher recht. Viele Fahrer. Viele Wachen. Viel zusätzliches Personal. Können Sie sich die damit verbundenen Risiken vorstellen?«, fragte Pauling.

»Was, wenn einer von ihnen durch einen Eissturm führe und von der Straße abkäme?«

»Die müssen alle möglichen Notfallpläne haben.«

»Und vermutlich haben sie sich auf ein Szenario vorbereitet, in dem jemand versucht, einen LKW zu stehlen. Das wäre der feuchte Traum eines jeden Terroristen«, sagte sie und sah Tallon an. »Warum haben Sie die Anzahl der Fahrer geschätzt?«

»Na ja, zusätzlich zu der Frage, wo sein Lastwagen ist, denke ich ständig noch an etwas anderes. Warum Rick Simmons?«

»Uns ist nichts aufgefallen«, sagte Pauling.

»Normalerweise findet man irgendeine Schwachstelle«, sagte Tallon. »Drogenabhängigkeit. Alkohol. Spielsucht. Prostitution. Affären. Wir haben gar nichts über den Kerl herausgefunden, außer der Tatsache, dass er eine schwangere Ehefrau hat, die ihn sehr liebt.«

Pauling wollte gerade antworten, als ein Sattelschlepper durch das Seitentor des Sandia-Komplexes fuhr.

Ein weißer Pick-up fuhr vor ihm.

Eine einfache weiße Limousine dahinter.

»Sie haben also einen Sicherheitskonvoi eingesetzt«, sagte Tallon. »Ich frage mich, ob Rick Simmons einen hatte? Und wenn, wie zur Hölle haben sie dann den LKW von ihm bekommen?«

»Oder wie haben sie ihn dazu gebracht, zu kooperieren? Er sollte ihnen den Lastwagen überlassen, und was dann? Einfach gehen?«

Sie saßen in Paulings Auto, aber Tallon fuhr, und er wartete, bis der Konvoi auf der Straße war, dann legte er den Gang ein und folgte ihnen.

Er war gut darin, sich dem LKW unauffällig zu nähern.

Aber anscheinend nicht unauffällig genug.

Kaum mehr als zwei Meilen nach Beginn der Verfolgung erklang eine Sirene und Tallon war gezwungen, anzuhalten.

Eine zivile Limousine war hinter ihnen.

Ein Mann in Anzug und Krawatte kam zum Auto. Tallon beobachtete ihn, vergewisserte sich, dass seine Hände gut zu sehen waren. Er ließ das Fenster herunter.

»FBI«, sagte der Mann und zeigte Tallon seinen Dienstausweis, der echt war.

Der Mann schlüpfte auf den Rücksitz von Paulings Wagen.

»Danke für den Ausweis, aber ich erkenne einen FBI-Agenten, wenn ich einen sehe«, sagte Pauling.

»Lauren Pauling«, sagte der Mann. »Schön, Sie kennenzulernen. Ich bin Ray Ostertag. Leitender Spezialagent in Albuquerque. Ich verlange offiziell, dass Sie Ihre Ermittlungen einstellen. Wir sind an dem Fall dran.«

»Und welcher Fall wäre das?«, fragte Pauling.

»Derselbe, wegen dem Sie hierherkamen. Cassady Simmons. Ihr ermordeter Ehemann.«

»Vergessen wir mal nicht seinen vermissten Lastwagen«, mischte sich Tallon ein.

»Ich werde Sie nicht noch einmal bitten«, sagte Ostertag. »Viele Augen sind auf die Sache gerichtet.«

»Kann ich mir vorstellen«, sagte Pauling. »Es würde aber wirklich nicht schaden, ein paar zusätzliche Informationen zu bekommen, um die Vorgesetzten in Washington bei Laune zu halten. Wir können Ihnen helfen. Umsonst.«

»Nein, absolut nicht«, sagte Ostertag. »Ich weiß das Angebot zu schätzen, aber wir haben alles im Griff. Rick Simmons ist jetzt unser Problem.«

»Tja, falls Sie Ihre Meinung ändern …«, sagte Pauling. Sie hatte ihre Visitenkarte in der Hand und bot sie Ostertag an.

Er ignorierte sie, öffnete die hintere Tür und stieg aus. Dann, noch bevor er die Tür schloss, steckte er den Kopf wieder herein.

»Ich werde Sie nicht noch einmal bitten«, sagte er und knallte die Tür zu.

49

»Ich habe eine Idee«, sagte Pauling.

»Lassen Sie hören.«

»Die Idee beginnt mit einer Frage.«

»Schießen Sie los.«

»Wenn Rick Simmons eine Wagenladung voll Atomwaffen hatte, für die man ihn tötete, warum sollte man hinter Cassady her sein, nachdem man seinen LKW allem Anschein nach gestohlen hat? Hatten die noch nicht bekommen, was sie wollten?«

Tallon spielte mit.

»Vielleicht wusste sie etwas. Sie hätte sie verpfeifen können. Klar, sie hatten schon, was sie wollten, aber vielleicht wollten sie dafür sorgen, dass sie auch damit davonkommen würden.«

»Vielleicht«, sagte Pauling.

»Aber das glauben Sie nicht?«

»Könnte was dran sein. Oder auch nicht. Meine Idee war, da wir gewarnt wurden, Rick Simmons nicht weiterzuverfolgen, warum richten wir unsere Aufmerksamkeit nicht wieder auf Cassady?«

»Weil wir sie gerade hunderte Meilen weit fort untergebracht haben«, sagte Tallon. »Vielleicht erinnern Sie sich daran, dass ich sie persönlich zum Flughafen von Phoenix gefahren und sie in ein Flugzeug nach Chicago gesetzt habe.«

»Ich rede nicht davon, sie wieder zu befragen«, sagte Pauling. »Das haben wir versucht und es hat uns nicht weiter gebracht. Diese Quelle ist versiegt. *Sagen* kann sie uns nichts mehr. Also müssen wir jetzt ohne sie herausfinden, was wir können. Aber ich frage mich auch, ob wir ihr die falschen Fragen gestellt haben.«

»Was meinen Sie?«

»Na ja, wir haben nach Gründen gesucht, warum jemand Rick kidnappen sollte. Wir haben nie nach ihr gefragt. Insbesondere: Würde jemand Rick benutzen, um an Cassady heranzukommen?«

Tallon nickte.

»Ja, so hab ich das nie betrachtet. Es ging entweder um Rick oder um Rick und Cassady. Nie einfach nur um Cassady.«

Pauling spürte eine Woge der Begeisterung.

Intuition.

Etwas an der Sache fühlte sich richtig an. Wie zu begreifen, dass es nicht am Rätsel lag, wenn man es nicht lösen konnte, sondern dass der eigene Ansatz komplett verkehrt war.

»Wo, sagten Sie, arbeitete sie?«, fragte Tallon.

»Industrial Supply & Wholesale. Warum?«

»Ehrlich gesagt, an Cassady selbst war nichts Besonderes«, sagte er. »Keine Familie in der Gegend. Schwanger. Und wenn sie das ganze Drama wegen ihres vermissten Ehemanns nur gespielt hat, dann verdient sie einen Oscar. Verdammt, sogar einen für das Lebenswerk, weil sie die Rolle absolut perfekt gespielt hat.«

»Hören Sie, wir sind fünf Minuten von ihrer Arbeitsstelle entfernt«, sagte Pauling. »Ich weiß genau, wo das ist, weil ich sie da zum ersten Mal traf. Schauen wir uns mal an, was wir persönlich herausfinden können, und von da aus machen wir dann weiter.«

Pauling navigierte Tallon und unterwegs sagte er: »Das Gute an dieser Herangehensweise ist, dass wir die Anordnung dieses FBI-Typen nicht missachten. Er hat uns verboten, den Rick-Simmons-Ansatz weiterzuverfolgen. Sehen Sie«, sagte er. »Wir sind der Inbegriff braver Bürger.«

»Klingt gut«, meinte Pauling, als sie das Gebäude erreichten, aus dem Cassady Simmons erst vor wenigen Tagen herausgekommen war.

Für Pauling schien es eine Ewigkeit her zu sein.

Sie gingen hinein und sagten der Frau am Empfang, dass sie nach Informationen über eine ihrer Angestellten suchten. Die Empfangsdame bat sie, zu warten. Fünfzehn Minuten später erschien eine Frau.

Sie war übergewichtig, mit roten Haaren, die zu einem Knoten zurückgebunden waren, der mittlerweile anfing, zu zerfransen.

»Ich bin Debbie Macomb, Leiterin der Personalabteilung hier bei ISW«, sagte sie. »Wie ich höre, haben Sie einige Fragen über eine Angestellte. Sie müssen verstehen, dass sämtliche Informationen dieser Art vertraulich sind.«

Pauling hatte den Eindruck, dass die Frau vom Plan abwich und nicht glücklich darüber war. Sie vermutete, dass Angestellte der Personalabteilung nicht oft improvisieren mussten.

»Ja, das verstehe ich, aber es ist eine sehr wichtige Angelegenheit«, sagte Pauling. Sie reichte der Frau ihre Visitenkarte, auf der das FBI gut sichtbar zu lesen stand.

Debbie Macomb schien darüber nachzudenken, dann sagte sie: »Den Flur hinunter liegt ein kleines Konferenzzimmer; dort können wir reden.«

Sie führte sie zu dem Raum, in dem ein kleiner runder Tisch, vier Stühle und eine Pflanze in der Ecke standen. Die Blätter hingen herab und waren staubbedeckt.

»Ich kann Ihnen nur Informationen anbieten, die bereits öffentlich sind. Nichts Firmenvertrauliches. In diesem Sinn fangen Sie an und stellen Sie Ihre Fragen. Ich werde mein Bestes tun, um Ihnen zu helfen.«

»Gut, wir wissen das zu schätzen«, sagte Pauling. »Fangen wir doch mit der Frage an, was ISW tut?«

»Wir versorgen das Gesundheitswesen mit einer Vielzahl an Produkten und Dienstleistungen.«

»Ist dies das einzige Büro oder haben Sie noch andere Zweigstellen?«

»Dies ist der Hauptsitz und das einzige Büro«, sagte Macomb.

»Wie viele Angestellte?«

»Etwas über zweihundert bei Jahresbeginn.«

Pauling wollte die Befragung in einem bestimmten Rhythmus halten. Die Fragen sollten einfach zu beantworten sein und die Frau hoffentlich dazu bringen, sich zu entspannen.

»Sind Sie eine unabhängige Firma?«

»Ja.«

»Im Besitz einer Einzelperson? Oder einer Dachgesellschaft?«

»Unser Mutterkonzern nennt sich Vanguard Holdings. All das ist öffentliche Information. Und so gern ich auch helfen möchte, ich habe in fünf Minuten ein Meeting. Kann ich sonst noch etwas für Sie tun?«

»Nun ja, ich bin nicht sicher, ob Ihnen das bekannt es, aber es hat sich eine Tragödie ereignet. Es steht mir nicht frei, ins Detail zu gehen«, sagte Pauling. »Wenn Sie mir allerdings irgendwie helfen könnten, mehr über Cassady Simmons und ihre Zeit bei Ihnen zu erfahren, wäre das großartig.«

Debbie stand auf.

»Leider ist ein anderes Meeting angesetzt, und das ist definitiv keine Information, die ich Ihnen geben kann. Es tut mir leid. Ich wünsche Ihnen Glück für Ihr Vorhaben. Jetzt muss ich Sie leider aus dem Gebäude begleiten.«

Sie wartete nicht auf eine Antwort und führte sie zuerst aus dem Konferenzzimmer, dann aus dem Gebäude hinaus.

Pauling sah Tallon an.

»Liegt es an mir, oder wurde sie nervös, als der Name Vanguard Holdings ins Gespräch kam?«

»Definitiv«, antwortete er. »Direkt, nachdem er erwähnt wurde, hatte sie plötzlich ein wichtiges Meeting.«

Pauling machte sich auf den Weg zurück zum Impala.

»Schauen wir mal, was wir über Vanguard Holdings herausfinden können.«

50

Vance Walker liebte Globen. Er liebte es, die Welt in Miniatur zu betrachten.

Er wusste nicht, warum. Irgendwann hatte er eine recht große Sammlung teurer, antiker Globen zusammengetragen.

Und dann hatte er sie alle angezündet und mit einem trockenen Martini in der Hand zugesehen.

Er hatte nur einen verschont. Ein Minimodell, das auf seinem Schreibtisch stand. An diesem war nichts Wertvolles. Er hatte ihn einfach gern auf dem Schreibtisch stehen.

Jetzt betrachtete er ihn.

Stellte ihn sich mit einer um neunundneunzig Prozent reduzierten Bevölkerung vor.

Der Gedanke elektrisierte ihn.

Sein Handy klingelte und er sah auf das Display, dann nahm er den Anruf entgegen.

»Ja.«

Die Stimme am anderen Ende sprach eine Zeit lang. Die Person beschrieb die derzeitige Lage und bot ihm eine Einschätzung zum Timing gewisser logistischer Tatsachen.

»Ich verstehe«, sagte Walker.

Sie redeten noch ein paar Minuten miteinander und besprachen ein Gebiet nahe der Westgrenze, bevor sie die Verbindung trennten. Walker stand auf.

Viele, viele Jahre hatten ihn zu diesem Zeitpunkt geführt und er hätte nichts anders gemacht. Es war seine Vision, die eine neue Realität erschaffen hatte. Die Welt zu verändern erforderte diese Art von Zielstrebigkeit, von geheimem Wissen geleitet. Kein anderer Mensch besaß es, und selbst wenn, wüsste er nicht, was er damit anfangen sollte.

Jetzt ging er zu einem Haken neben der Tür seines Privatbüros und nahm das Schulterholster herunter, das mit einer halbautomatischen Kaliber-45-Handfeuerwaffe ausgestattet war. Er legte den Gurt an und zog eine leichte Tarnjacke darüber.

Er ging nach draußen und lauschte. Er hörte das Dröhnen von Maschinen, einige Stimmen im Maschinenraum und seine bewaffneten Wachen beim Eingang.

Walker fand seinen Stellvertreter. Ein Ex-Marine, der ein Bein im Irak verloren und bei seiner Rückkehr eine Heroinsucht hinzugefügt hatte.

Mittlerweile war er clean, und das hatte er allein Walker zu verdanken.

»Sagen Sie es weiter«, befahl Walker ihm. »Wir brechen in einer Stunde auf. Sorgen Sie dafür, dass alle dem vorgeschriebenen Verfahren folgen. Keine Fehler.«

Als das erledigt war, ging Walker zum Lastwagen hinunter. Darin befand sich alles, was er brauchte, um *seine eigene Schöpfungsgeschichte zu schreiben*, wie er es nannte. Ein neuer Anfang. Eine Chance, die Menschheit auf den Pfad zurückzuführen, von dem sie vor so langer Zeit abgekommen war.

Zum ersten Mal in seinem Leben konnte er sich ein Szenario vorstellen, in dem menschliche Wesen ihr volles Potenzial ausschöpfen.

Walker erreichte den übergroßen Hangar und atmete tief durch. Der Geruch von Öl, Benzin und Zigarettenrauch füllte die Luft.

Zusammen mit einer Spannung, die mit mehr Energie vibrierte als die vielen gleichzeitig laufenden Generatoren.

Es ist so weit, dachte Walker.

Seine Zeit war gekommen.

51

Tallon fuhr wieder, während Pauling auf ihrem iPad und Handy arbeitete.

»Alles klar. Vanguard Holdings«, sagte sie. »Die Zentrale ist in Las Vegas notiert, aus offensichtlich steuerlichen Gründen, vermute ich.«

»Und denken Sie nur mal, wie viel spaßiger ihre Weihnachtspartys in Vegas sein müssen, im Vergleich zu hier.«

»Hm, interessant«, sagte Pauling. »Es ist sehr schwer, einen öffentlich aufgeführten Firmenvorstand oder eine Geschäftsführung zu finden.«

»Ein Warnsignal«, sagte Tallon.

Pauling nahm ihr Handy in die Hand. »Ich versuche diese Quelle nicht so oft zu bemühen, aber die Sache erfordert es.«

Sie wählte eine Nummer und sprach kurz mit jemandem am anderen Ende der Verbindung. Sie wartete. Während sie das tat, tippte sie etwas in ihr iPad.

»Ja«, sagte sie ins Telefon, nachdem sie mehrere Minuten gewartet hatte.

»Vance Walker«, sagte sie an Tallon gewandt. »Okay, danke. Ich schulde Ihnen einen Drink, wenn Sie in New York sind.«

Pauling lachte und beendete den Anruf.

»Ich wusste nicht, dass Sie Drinks spendieren, wenn man Ihnen einen Gefallen tut«, sagte Tallon. »Das hätte ich schon längst ausgenutzt.«

»Bundessteuerunterlagen zeigen, dass ein Mann namens Vance Walker der Eigentümer von Vanguard Holdings ist«, sagte Pauling. »Sieht aus, als sei er ein wohlhabender Mann.«

Sie las einen Artikel über Walker, der mehrere Jahre alt war. »Sehr wohlhabend.«

Tallon tippte mit den Fingern aufs Lenkrad.

»Klar, diese medizinischen Erfinder machen Millionen, solange sie das originale Patent besitzen, oder? Jedes Mal, wenn jemand ihr Gerät benutzt, bekommen die einen Anteil. Das kann sich summieren, besonders, wenn man bedenkt, was Krankenhäuser heutzutage berechnen.«

»Die Frage ist, was, wenn überhaupt, ein medizinisches Unternehmen mit einem Kernmaterial transportierenden Fernfahrer zu tun haben könnte«, wunderte sich Pauling.

»Benutzen Krankenhäuser nukleares Material? Für Tests oder so?«

»Nicht, dass ich wüsste. Vielleicht fürs Röntgen.«

»Die Frage ist also, wieso sowohl Cassady als auch Rick Ziele einer Entführung waren?«

»Rick zuerst, dann Cassady.«

»Aber was, wenn es andersrum war?«, fragte Tallon. »Sandia-Informationen sind höchst geheim, nicht wahr? Wie haben die Rick Simmons dann überhaupt gefunden? Was, wenn die ihn durch seine Frau aufgespürt haben? Was, wenn sie den Papierkram für Industrial Supplies ausgefüllt und Rick Simmons eingetragen und dann seinen derzeitigen Arbeitgeber als Rio Grande Trucking genannt hat?«

»Das würde bedeuten, dass jemand wusste, dass Rio Grande Trucking in Wirklichkeit Sandia ist.«

Sie fuhren, und Tallon bemerkte, dass sie auf dem Weg zurück zu Paulings Hotel waren.

»Heilige Scheiße«, sagte Pauling, als sie auf ihrem iPad weiterlas.

»Was?«

»Ich fand eine alte Medizinzeitschrift, in der Walker behauptete, eine neue Methode zur Behandlung bestimmter Einwirkungen zu entwickeln.«

»Was für Einwirkungen?«

»Radioaktive Strahleneinwirkung.«

52

Paulings Handy summte einen Block von ihrem Hotel entfernt. Sie sah darauf und sprach dann mit Tallon.

»Okay. Mein Kontakt hat mir gerade die Adresse von Vanguard Holdings zugeschickt. Sie liegt westlich von hier. Direkt hinter der verlassenen Tankstelle, nicht weit von dort, wo man Rick Simmons' Leiche gefunden hat«, sagte sie.

»Auf geht's«, meinte Tallon.

Er wendete den Wagen und richtete ihn nach Westen. »Warum überrascht mich der Standort nicht? Es schien mir bereits merkwürdig, dass sich Ricks Leiche und die Tankstelle ungefähr in derselben Gegend befanden.«

»Jetzt wissen wir, warum«, stimmte Pauling zu.

Sie brauchten weniger als fünfzehn Minuten, um dorthin zu gelangen, aber als sie sich dem Eingang näherten, hatten mehrere Polizeiwagen die Straße blockiert.

»Tja, das ist kein gutes Zeichen«, sagte Tallon.

»Da ist uns wohl jemand zuvorgekommen.«

Auch eine zivile Limousine stand dort. Entweder ein verdeckter Polizeiermittler oder das FBI, dachte Pauling.

»Die können wir nicht umfahren«, sagte Tallon. »Ich werde anhalten und sehen, ob jemand unsere Anwesenheit bemerkt.«

Er fuhr auf den Seitenstreifen und noch bevor er den Impala auf *Parken* stellen konnte, öffnete sich eine der Türen des Zivilfahrzeugs.

»FBI-Alarm«, sagte Pauling, während sie und Tallon den Wagen beobachteten.

»Das ist dieser Ostertag«, sagte Tallon.

Bei ihm konnte Pauling eine Frau sehen. Groß, mit dem Körperbau einer Ex-Sportlerin.

»Sie ist auch vom FBI. Aber nicht von hier.«

Ostertag winkte sie aus dem Wagen.

Pauling näherte sich ihnen zuerst.

»Pauling. Ich dachte, ich hätte Ihnen gesagt, Sie sollen sich von diesem Fall fernhalten«, sagte Ostertag.

»Haben wir«, entgegnete sie. »Wir haben nur ein paar Sachen aus Cassadys Büro geholt und dort hat man uns gesagt, es könnten noch Dinge beim Mutterkonzern der Firma sein. Darum sind wir hier.«

»Was für ein Haufen Bullshit«, sagte Ostertag.

»Es stimmt«, sagte Tallon. »Seltsam, dass wir Sie hier draußen antreffen. Was ist los?«

»Und das ist Ihr Boss?«, fragte Pauling und hob das Kinn in Richtung der Frau.

»Das ist Agent Hess«, sagte Ostertag. »Nebenbei, die haben Ihre Freundin Cassady. Sie in Chicago zu verstecken hat nicht besonders gut geklappt.«

Er war nicht arrogant, aber die Kritik versetzte Pauling trotzdem einen Stich.

Sie wollte gerade antworten, als das Geräusch eines von Süden herandröhnenden Helikopters sie unterbrach.

Sand wirbelte um sie herum auf.

»Gehen wir«, sagte Hess. Sie sah Tallon und Pauling an. »Sie kommen auch mit.«

53

»Auf keinen Fall haben die Cassady«, sagte Pauling, nachdem sie ihr Headset aufgesetzt hatte.

»Sie haben Ihre Klientin wirklich gut beschützt«, antwortete Hess, deren Stimme von Sarkasmus triefte.

Sie waren in der Luft und brausten nach Westen. Pauling fragte sich, warum man sie mit an Bord genommen hatte. Das verstieß eindeutig gegen das Standardprotokoll des FBI. Aber darauf würde sie niemanden hinweisen.

Es sah so aus, als käme sie der Frage, wer Rick Simmons getötet hatte, endlich auf den Grund. Und sie kam nicht umhin, sich zu fragen, ob ihr ein Treffen mit Jack Reacher unmittelbar bevorstand.

»Die Sache ist eine Nummer zu groß für Sie«, sagte Ostertag. »Sie beide haben keine Ahnung, womit Sie es zu tun haben. Sie hätten meinen Rat wirklich befolgen und sich raushalten sollen.«

»Was meinen Sie mit *eine Nummer zu groß*?«, fragte Pauling. »Wir sind auf Vance Walker gekommen. Wir wissen, dass er durch Informationen aus Cassadys Personalakte erfuhr, dass ihr Mann ein Fahrer für Sandia war. Er muss Rick getötet haben, um radioaktives Material in die Finger zu kriegen. Darum geht es ihm doch, oder?«

Ostertag warf ihr einen kurzen Blick zu. »Ich bin beeindruckt«, sagte er. »Einen Teil haben Sie tatsächlich herausgefunden.«

»Sie müssen nichts weiter wissen«, sagte Hess. »Sie sind nur hier, damit wir Sie im Auge behalten können.«

»Blödsinn«, sagte Tallon. »Wir stecken so tief drin. Sie können uns genauso gut benutzen.«

»Für was benutzen?«, erwiderte Hess. »Sie nehmen sich selbst viel zu wichtig. Halten Sie einfach den Mund und genießen Sie den Flug.«

»Das glaube ich kaum«, sagte Pauling. »Wie wär's damit: Vance Walker ist ein Erfinder«, sagte sie. »Was, wenn er ein Behandlungsverfahren für radioaktive Strahleneinwirkung entwickelt hat? In anderen Worten, bei einer Atomexplosion würden Kakerlaken und Walkers Patienten überleben. Wie klingt das, Agent Hess? Bin ich nah dran?«

Hess drehte sich um und sah sie an. »Nicht schlecht«, sagte sie. »Aber wieder ist das nur ein Teil des Ganzen.«

»Dann verhaften Sie ihn«, sagte Tallon. »Sie reden die ganze Zeit so, als wären Sie allen anderen einen Schritt voraus, aber es sieht keinesfalls so aus.«

»Das hatten wir vor«, sagte Hess. »Wir hatten ein Auge auf ihn, aber er hat sich als ein bisschen fleißiger entpuppt, als wir dachten. Wie sich herausstellte, hat er diese unterirdische Anlage da hinten errichtet und alles Mögliche dort angestellt. Und dann hat er Rick Simmons umgelegt und einen Lastwagen voller radioaktiven Materials gestohlen.«

»Warum? Ist ihm das Zeug für seine medizinischen Experimente ausgegangen?«, fragte Tallon.

Ostertag und Hess antworteten nicht.

Plötzlich verstand Pauling, warum.

»Heilige Scheiße, er wird es irgendwo als riesiges medizinisches Experiment freisetzen, nicht wahr?«

»Nicht ganz«, sagte Hess. »Wie es scheint, ist Mr. Walker von einem Interesse an Medizin zu einem an Genetik übergegangen.«

»Wie zum Beispiel? So was wie eine neue Rasse erschaffen?«

»Er hat möglicherweise den bizarren Plan, einen Atomkrieg auszulösen, und so werden nur er und die

Menschen, die er geimpft hat, überleben«, sagte Hess. »Ihm wird alles gehören, sobald jeder durch den Fallout umgekommen ist. Er wird der König der Welt sein. Oder zumindest von dem, was davon übrig ist.«

»Das ist verrückt«, sagte Tallon. »Wo ist seine Bombe jetzt?«

»Wir glauben, dass er nach Los Angeles unterwegs ist«, sagte Ostertag.

»Denkt er wirklich, dass eine Atombombe in L.A. den dritten Weltkrieg auslösen wird?«, fragte Pauling. »Das wird doch keiner glauben.«

»Spielt keine Rolle«, entgegnete Hess. »Er glaubt daran. Und wir müssen jetzt damit fertig werden.«

»Ein SWAT-Team des FBI ist auf dem Weg zu der Stelle, an der wir dem Lastwagen hoffentlich den Weg abschneiden können«, sagte Ostertag.

»Möge die Party beginnen«, murmelte Hess.

54

»Da drüben«, rief Ostertag.

Ein einzelner Crown Vic parkte neben dem Freeway. Pauling schätzte, dass sie vielleicht hundert oder hundertfünfzig Meilen von Albuquerque entfernt waren, was bedeutete, dass Walker und sein Lastwagen ein paar Stunden Vorsprung vor ihnen hatten. Es überraschte sie, dass sie so dicht an die Spitze der Operation herangekommen waren.

Pauling war kein großer Fan von Zufällen.

Warum hatte Walker kurz vor ihrer Ankunft angehalten?

»Von hier aus sind es ungefähr zehn Stunden bis Los Angeles«, sagte Ostertag. »Wir sind am Fuß des Naturschutzgebiets El Malpais. Hier gibt es gar nichts. Deswegen werden wir den Laster hier abfangen.«

Hess hatte den Helikopterpiloten angewiesen, weit entfernt vom Freeway zu fliegen, damit sie von Walker und seinem Konvoi nicht gesehen werden konnten.

»Bringen Sie uns runter!«, rief Ostertag dem Piloten zu.

Sie landeten und Pauling zog ihr Headset ab. Sie folgte Ostertag aus dem Helikopter; Tallon war hinter ihnen.

Dann hob der Hubschrauber wieder ab und flog hinter eine Berglinie im Norden. In Paulings Mund war Sand und sie spuckte ihn aus. Als das Geräusch des Helikopters verklungen war, begegnete ihnen Stille.

Pauling fragte sich, wie sich alle über die Position des Lastwagens so sicher sein konnten, wenn zuvor die ganze GPS-Technik entfernt worden war.

»Sagen Sie ihnen, was sie hier zu tun haben«, sagte Hess zu Ostertag und gestikulierte in Richtung von Pauling und Tallon. »Ich werde die Gefahrgut- und SWAT-Teams anrufen und ihren Status überprüfen. Sie sollten innerhalb von fünfzehn Minuten hier sein.«

Hess drehte sich zum Crown Vic und seinem Fahrer um und hob ein Handy an ihr Ohr.

Ostertag wandte sich Pauling und Tallon zu.

»Sie werden nur Zeugen sein«, sagte er. »Sie werden nicht ein–«

Plötzlich explodierte die Vorderseite seines Gesichts in einem Regen aus Blut und Gehirnmasse. Er knickte ein, fiel zu Boden, und Pauling griff nach ihrer Waffe, bevor sie erstarrte.

Hess erschien hinter Ostertags totem Körper, ihre Waffe direkt auf Tallon und Pauling gerichtet, von deren Mündung ein schmaler Rauchschnörkel aufstieg.

»Er hatte recht«, sagte sie. »Sie werden nur Zeugen sein.«

Der Fahrer des Zivilfahrzeugs stieg aus. Pauling glaubte, ihn schon einmal gesehen zu haben. Vielleicht war er einer der Verbrecher, die versucht hatten, Cassady zu Hause zu entführen. Derjenige, der auf sie geschossen hatte.

Pauling sah zu, wie er zur Rückseite des Autos ging und den Kofferraum öffnete.

Er hob Cassady heraus, und das nicht gerade sanft. Ihre Hände waren hinter ihrem Rücken gefesselt und auch ihre Füße waren mit Klebeband umwickelt.

Wenigstens ist sie am Leben, dachte Pauling.

»Wie ich sehe, werden Sie Beweise los«, sagte Pauling zu Hess.

»Klar. In so einer Situation ist unerledigter Kram nie gut«, entgegnete Hess. »Darum hätten wir uns schon viel früher kümmern sollen, aber wir hatten nicht gerade ein Spitzenteam zur Verfügung.«

Ein Geländefahrzeug tauchte hinter einer der hoch aufragenden Sandsteinklippen auf. Es fuhr auf sie zu, und noch bevor der Wagen anhielt, wusste Pauling, wer darin saß.

Ein großer, kahlköpfiger Mann stieg auf der Fahrerseite aus.

Er lief mit einer übertriebenen Körperhaltung und trug eine goldgeränderte Fliegersonnenbrille mit gelbgetönten Gläsern.

Vance Walker, dachte Pauling.

Er sah aus wie ein gestörter Cyborg. Sein Körper war schlank und straff und er bewegte sich mit der leichtfüßigen Anmut eines Athleten. Das erinnerte Pauling an jemanden.

Und dann wurde es ihr klar.

»Haben wir hier etwa ein kleines Vater-Tochter-Wiedersehen?«, fragte Pauling. »Wie rührend.«

»Sie sind ziemlich scharfsinnig«, sagte Hess. »Ich bin ein bisschen überrascht, dass Sie so eine Niete beim FBI waren. Da wimmelt es von Einfaltspinseln. Da hätten Sie doch perfekt reinpassen müssen.«

»Sie reden wie Daddys braves Mädchen«, sagte Pauling.

»Das SWAT-Team war ein netter Ansatz«, warf Tallon ein. »Sie haben an alles gedacht, nur dass dieser Plan niemals funktionieren wird. Ihr alter Herr ist ein Spinner und Ihnen hat man eine Gehirnwäsche verpasst.«

»Wir haben an alles gedacht«, sagte Walker. »Und als Spinner abgestempelt zu werden, betrachte ich als gut. Wir haben einen Lastwagen voller Geschenke für Los Angeles. Die Stadt hat sie verdient.«

»Wie viele Millionen werden wegen Ihres Experiments sterben?«, fragte Pauling. »Glauben Sie wirklich, das wird einen Krieg auslösen?«

Walker verdrehte die Augen.

»Wie viele Menschen sterben werden?«, fragte Walker. »Die Antwort auf diese Frage lautet: Wie hoch die Zahl auch ist, sie wird nicht annähernd hoch genug sein. Aus diesem Grund ist das nur die Eröffnungssalve im Krieg zur Neuerschaffung der Welt.«

»Und während Sie beim FBI nichts erreicht haben«, sagte Hess zu Pauling, »werden Sie doch wenigstens am Ende die Anerkennung erhalten, die Sie verdienen.«

Pauling hatte eine plötzliche, verblüffende Offenbarung. »Sie haben mir den Brief mit Reachers Namen geschickt, nicht wahr?«

Hess grinste sie an.

»Sie haben meine Akte gesehen«, fuhr Pauling fort. »Sie wussten, dass ich früher mit Reacher zusammengearbeitet habe. Warum? Warum haben Sie mich hierhergelockt?«

»Ich brauchte jemanden, dem ich die Schuld für all diese Morde anhängen konnte. Und für den ganz allgemeinen Mist«, sagte Hess. »Sie schienen mir perfekt dafür geeignet. Ex-FBI-Agentin, ein bisschen einzelgängerisch. Privatdetektivin. Ich wusste, wenn ich Sie hierherbrächte, hätte ich eine weitere Schachfigur in meinem Spiel. Es hat perfekt funktioniert.«

»Niemand wird Ihnen glauben«, sagte Pauling.

»Oh, hatten Sie gehofft, Sie bekämen noch ein Schäferstündchen mit Reacher?«, fragte Hess.

Pauling spürte, wie ihr Gesicht brannte.

Hess beugte sich vor und flüsterte Pauling zu: »Ja, das stand auch in der Akte.«

Walker trat an Hess vorbei. Der andere Mann, derjenige, der in Cassadys Haus auf Pauling geschossen hatte, war jetzt zu ihnen gekommen. Er schob Cassady auf sie zu und richtete seine Waffe auf sie.

»Ah, endlich«, sagte Walker.

Pauling hatte bereits ein Dröhnen in der Ferne gehört, und jetzt traf der Konvoi ein. Ein Crown Vic an der Spitze, gefolgt von einem Sattelschlepper, der einen extra breiten Anhänger hinter sich herzog. Auf dem Anhänger befand sich ein riesiger Frachtcontainer.

Zwei Männer stiegen aus dem Crown Vic und gingen auf sie zu.

»Showtime«, sagte Walker.

55

Rollins und Petrie hatten die anderen Teammitglieder weggeschickt.

Sie befanden sich gerade in einer Live-Videoschaltung mit einer Air Force Base, deren Position nicht vollständig offengelegt worden war.

Das Bildmaterial war unscharf, aber es wurde schließlich auch von einem unbemannten Fluggerät mehrere hundert Meter über Paulings und Tallons derzeitigem Standort übertragen.

»Sie ist außer Kontrolle«, sagte Petrie. »Finale Bestätigung.«

Die Kacke hatte zu dampfen angefangen, sobald Hess Albuquerque erreicht hatte.

Nach ihrer ersten Rückmeldung hatte sie aufgehört, das Team mit Updates zu versorgen. Es war ihnen möglich gewesen, ihre Bewegungen zu verfolgen, aber sämtliche Kommunikation war versiegt. Sie hatten keine Zeit gehabt, ein zweites Team zu schicken.

Sie hatten es lediglich geschafft, sich von Ostertag bestätigen zu lassen, dass sie die Operation leitete, waren aber nicht so weit gegangen, ihn zu bitten, einzuschreiten und sie an ihrer Stelle auf dem Laufenden zu halten. Das hätte zu viele Warnsignale ausgelöst.

Jetzt erkannten sie ihren Fehler.

»Wie? Warum?«, fragte Petrie.

»Oh, dem werden wir noch auf den Grund gehen«, sagte Rollins. »Aber jetzt müssen wir was unternehmen. Und zwar schnell.«

Er sprach in sein Headset.

»Agent verletzt«, sagte er. »Empfehle sofortigen Schlag. Dieser LKW darf nicht weiterfahren.«

Rollins hörte seinem Militärkollegen am anderen Ende der Leitung zu.

»Bestätigt. Ladung des Fahrzeugs darf nicht erschüttert werden«, sagte er.

Petrie beobachtete die Figuren auf dem Bildschirm. Es sah aus, als gäbe es eine Bewegung, und er unterdrückte den Drang, eine Warnung zu rufen.

»Verstanden«, sagte Rollins in sein Headset.

Er wandte sich an Petrie.

»Warnen Sie Pauling«, sagte er. »Zugriff in etwa zehn Sekunden.«

56

Pauling spürte ihr Handy in ihrer Tasche vibrieren. Sie hatten ihr die Waffen, aber nicht ihr Telefon abgenommen. Und jetzt waren die drei von der Hauptgruppe getrennt. Walker und Hess hatten sich dem großen Lastwagen genähert, während der Mann mit der Waffe auf Distanz blieb.

Ihr Handy vibrierte wieder und sie wartete, bis der Mann mit der Waffe nicht zu ihr sah.

Sie schaffte es, einen Blick auf das Display zu werfen.

Da standen nur zwei Worte und die SMS war von einer Vorwahl gekommen, die sie als jene von Washington D.C. erkannte.

Die Nachricht war eindeutig.

Drohne. Unterwegs.

Sie sah zu Tallon auf, der sie beobachtete.

Pauling blickte zu dem Felsvorsprung, hinter dem sich Walker während Hess' Hinterhalt versteckt hatte.

Pauling sah zurück zu Tallon und nickte.

Sie drehte sich um und begann zum Vorsprung zu rennen. Hinter ihr, das wusste sie, würde Tallon sich Cassady schnappen und ihr folgen.

Ihre Füße gruben sich in den Sand und sie erwartete jeden Moment eine Kugel im Rücken, zwischen die Schulterblätter.

Sie hörte jemanden rufen und Pauling warf einen Blick über die Schulter.

Tallon trug Cassady wie einen Sack voller Lebensmittel und rannte in diagonalen Linien, wechselte alle fünf Schritte die Richtung, um die Zielsicherheit des Mannes mit der Waffe zu beeinträchtigen. Pauling drehte sich um und wechselte genau in dem Moment die Richtung, als der Schütze einen weiteren Schuss abfeuerte.

Sand wirbelte vor ihr auf.

Pauling hoffte, dass sie nicht besonders scharf darauf waren, sie zu verfolgen. Schließlich lag vor ihnen nichts weiter als eine ausgedehnte Sandlandschaft. Dutzende Quadratmeilen von nichts anderem als ausgetrockneter Wüste.

Ein weiterer Schuss wurde abgefeuert und noch mehr Sand wirbelte vor Pauling auf.

»Hör auf zu schießen und fang sie einfach, du Idiot«, hörte Pauling Walker rufen.

Hinter ihnen erwachte ein Motor dröhnend zum Leben, aber der Vorsprung war weniger als hundert Meter entfernt. Tallon überholte sie, was Pauling verärgerte. Schlimmer noch, sie könnte schwören, ihn lächeln gesehen zu haben, als er an ihr vorbeigerannt war. Eine beeindruckende Leistung, wenn man bedachte, dass er einen Menschen trug.

Hinter ihnen hörte Pauling das Geräusch eines lauter werdenden Motors. Da die Wüste flach war, ohne Hindernisse, die man umfahren musste, könnte der Fahrer sie ganz einfach einholen. Aber nicht, bevor sie es zum Felsvorsprung schaffen würden.

Doch genau in dem Moment hörte Pauling das Geräusch eines zweiten Motors. Dieser hatte einen Klang, der viel weicher war, viel langsamer und ziemlich weit entfernt.

Sie wusste sofort, was es war.

Sie hatte einige Zeit in Übersee verbracht und hatte genug Drohnen gesehen und gehört.

Das Geräusch war unverwechselbar.

Es erinnerte an einen weit entfernten Rasenmäher.

Das Geräusch wurde lauter, und dann sah sie, wie Tallon hinter dem Vorsprung verschwand. Sie folgte ihm. Dort befand sich eine große Felszunge, und Tallon musste das Geräusch auch erkannt haben, denn er legte Cassady hinter dem Felsen ab und wartete auf Pauling, die sich über Cassady warf, und dann landete Tallon über ihr.

Gerade rechtzeitig.

Eine Explosion ließ den Boden erzittern und sofort regneten Staub und Felsbrocken auf sie herab.

Pauling konnte Cassady unter sich schreien hören.

Das Geräusch der Drohne war verschwunden.

Und auch das Geräusch des Fahrzeugs hinter ihnen.

Stille.

57

Sie standen auf und Pauling befreite Cassady von ihren Fesseln.

»Warten Sie hier«, sagte sie. Cassady war ein Wrack. Tränen verschmierten den rötlichen Sand auf ihrem Gesicht.

Sie sackte vornüber zusammen und lehnte sich gegen den Fuß eines Felsbrockens. Pauling nahm an, dass sie nicht aufrecht stehen könnte, wenn sie es versuchen würde.

»Das wird wieder«, sagte Pauling. »Ich bin gleich zurück. Ich verspreche es.«

Sie ging zu Tallon am Fuß des Vorsprungs und beide machten sich auf den Anblick des entstandenen Schadens gefasst.

»Ich bin beeindruckt«, sagte Tallon.

»Einen Drohnenangriff anzufordern? Sie haben ziemlichen Einfluss, was?«

»Schön wär's«, sagte sie. »Ich hätte ihn viel früher angefordert.«

Sie traten hinter dem Felsvorsprung hervor und sahen, dass das Auto, das sie verfolgt hatte, mitsamt seinem Fahrer verschwunden war.

An seiner Stelle stand eine zerstörte brennende Metallhülle. Der Geruch von verbranntem Fleisch erfüllte die Luft, zusammen mit beißendem Rauch und brennendem Benzin.

Direkt hinter dem zerstörten Auto befand sich eine grausige Sammlung von Körperteilen, so verteilt, als wären sie von oben abgeworfen worden.

Pauling entdeckte, was von Hess übrig war. Sie war in zwei Teile gerissen worden. Vorsichtig näherte sich Pauling, kniete sich hin und entfernte Hess' Waffe mit den Fingern aus dem Holster.

Hinter ihr brüllte jemand und Pauling drehte sich in dem Moment um, als Walker vom Boden aufsprang, das Gesicht eine blutige Maske, und eine Waffe hob, auf Tallon gerichtet.

Aber Tallon war schon in Bewegung. Er trat Walkers ausgestrecktem Arm einfach entgegen und verpasste ihm einen Boxhieb in die Kehle. Dem ließ er einen kräftigen

Schlag folgen, mit dem Ellbogen gegen den Kiefer, was ein schreckliches knackendes Geräusch erzeugte. Dann sank Walker zu Boden.

Noch während er fiel, packte Tallon seinen Arm und nahm ihm die Waffe aus der Hand. Tallon überprüfte die Pistole und hielt sie vor sich, mit Blick zum Frachtcontainer, der noch auf dem Lastwagen stand.

Er war intakt.

Für einen Moment glaubte Pauling, dass Tallon Walker erschießen würde, aber stattdessen trat er zurück und wandte sich Pauling zu. »Das war präzise …«

Plötzlich erklang ein Schuss und Tallon warf sich nach links, rollte sich ab und kam auf die Füße, die Waffe vor sich, den Finger am Abzug.

Pauling sah auf und erkannte Cassady, die zwei Meter von Walker entfernt stand, dessen kahler Kopf jetzt ein großes Loch aufwies, aus dem Blut herausquoll. Er fiel mit dem Gesicht zuerst in den Sand.

Cassady hielt eine Waffe in der Hand, die sie jetzt betrachtete, als sei sie ein Fremdkörper, den jemand dort hingetan hatte.

Pauling vermutete, dass sie sie im zerstörten Auto gefunden hatte. Wahrscheinlich hatte Cassady sie vom toten Fahrer, dem Mann, der sie vorübergehend damit bedroht hatte.

Pauling ging auf Cassady zu, die Walkers toten Körper anstarrte.

Endlich sprach Cassady.

»Das war für Rick«, sagte sie.

58

Tallon stand neben seinem Wagen. Es war spät und er hatte sich ernsthaft überlegt, die Nacht in Albuquerque zu verbringen und am Morgen nach Hause zurückzufahren.

Aber er entschied sich dagegen.

Es waren ein paar seltsame Tage gewesen und er freute sich darauf, in *seine* Wüste zurückzugehen. Die Idee davon, frei zu laufen und sich in seinen eigenen Gedanken zu verlieren, war äußerst motivierend. Er konnte es kaum abwarten, sich auf den Weg zu machen.

Er µnd Pauling hatten mit Cassady auf die Ankunft des FBI gewartet, die Pauling vorhergesagt hatte. Sie mussten etwa eine Stunde warten, bis es soweit war. Schließlich wurden sie nach stundenlanger Befragung entlassen.

Cassady war in ein örtliches Krankenhaus gebracht worden und befand sich wegen einiger kleinerer Beulen und Prellungen in Behandlung. Eine entfernte Tante hatte zugestimmt herzukommen und ihr wieder auf die Beine zu helfen.

Und jetzt wartete Tallon nur noch auf Pauling.

Sie waren zu ihrem Hotel zurückgekehrt und sie war hineingelaufen, um etwas für ihn zu holen. Jetzt kam sie wieder raus und ging zu seinem Parkplatz.

»Pauling«, sagte Tallon, »Sie haben's drauf, einen Kerl zu unterhalten.«

»Das weiß ich zu schätzen«, erwiderte sie. Tallon staunte wieder über ihre Stimme. Dieses tiefe *Jazz-Sängerin-am-nächsten-Morgen*-Kratzen, das unglaublich sexy war. Das war jetzt ein weiterer Job gewesen, bei dem er mit ihr zusammengearbeitet und es nicht geschafft hatte, ihr romantisch näherzukommen.

Tja, vielleicht nächstes Mal.

»Aber ganz ehrlich, was haben Sie erwartet?«, fragte Pauling. »Dass ich Sie zu einem Scheidungsfall rufe? Wegen eines fremdgehenden Ehepartners?«

»Nein, ich dachte mir schon, dass es was Gutes sein würde. Ich hatte nur nichts von dieser Größenordnung erwartet«, antwortete er.

»Hier«, sagte sie und reichte Tallon einen Scheck.

Er sah ihn nicht einmal an.

»Bis zum nächsten Mal?«, fragte er.

»Klingt gut.«

Dann beugte er sich vor und küsste sie. Es war ein teuflisch guter Kuss, von der Sorte, die ihn sich wundern ließ, warum er es nicht schon früher versucht hatte.

Sie musste seine Gedanken gelesen haben, denn anschließend sagte sie: »Tja, ich muss in zwei Stunden einen Flug erwischen. Fahr vorsichtig, Tallon.«

Er lächelte sie an. Diese grünen Augen waren so anders. Nächstes Mal müsste er ein bisschen forscher sein.

»Bis dann, Pauling«, sagte er. »Du weißt, wo du mich findest.«

Er fuhr davon und sah, wie sie sich umdrehte und in ihr Hotel zurückging.

Was für ein Teufelsweib, dachte er.

EPILOG

Zwei Tage später

New York hieß sie mit einem überquellenden Briefkasten, einem vollgestopften E-Mail-Postfach und einem frischluftbedürftigen Büro willkommen.

Pauling war zu ihrem normalen Ablauf zurückgekehrt. Sie hatte schon Sport getrieben, ihren Kaffee getrunken und das Büro aufgeschlossen. Sie öffnete ein Fenster und nahm dann begeistert ihre Post in Angriff.

Sie hatte auch bei Cassady angerufen und mit ihrer Tante und dem Arzt gesprochen, um sich zu vergewissern, dass es sowohl der jungen Frau als auch ihrem ungeborenen Baby gutging. S

ie würde sich erholen und hoffentlich anfangen, ihr Leben neu aufzubauen.

Tallon hatte ihr ein Foto vom Garten hinter seinem Haus geschickt. Das war gestern Abend gewesen. In der Grube brannte ein kleines Feuer vor einem Bergzug, der vom herrlichen orangefarbenen Glanz der untergehenden Sonne eingerahmt war.

Es war eine Art Einladung gewesen und Pauling dachte ernsthaft darüber nach.

Sobald sie ihre verschiedenen Rechnungen, Bestellungen und Lieferscheine aufgearbeitet hatte, machte sie weiter, bis das kleine rote Icon für ungelesene Mails endlich verloschen war.

Sie war offiziell auf dem Laufenden.

Da ihr Schreibtisch jetzt leer war, holte sie den Brief mit Reachers Namen darauf hervor.

Lange Zeit starrte sie ihn einfach nur an.

Mit diesem billigen kleinen Brief hatte alles angefangen.

Sie hatte Reacher unbedingt wiedersehen wollen, aber sie fragte sich, wie viel davon an übrig gebliebener physischer Anziehung lag. Und an Neugier.

Pauling dachte darüber nach. Es war nicht so, als sei sie eine junge Mittzwanzigerin auf der Suche nach Liebe. Sie befand sich an einem Punkt, an dem sie Entscheidungen getroffen hatte und mit den Ergebnissen zufrieden war.

Aber wer wusste schon, was passieren würde?

Was die Zukunft bringen würde?

Es war genau so, wie sie Tallon gesagt hatte: Das Leben war voller Überraschungen.

Vielleicht würde sich eine von ihnen als Jack Reacher entpuppen.

– E N D E –

LUZIFER
VERLAG